Giovanni Montanaro

Alle Farben der Welt

1881, im flandrischen Geel: Seit dem Mittelalter leben in dieser »Stadt der Verrückten« die Geisteskranken mit den Gesunden zusammen. Die junge Teresa wächst hier als Waisenkind bei der Familie Vanheim auf. Obwohl keine Verrückte, wird sie als solche geführt, um der Familie die staatlichen Zuschüsse zu sichern. Eines Tages kommt ein Unbekannter in das Dorf, ein in sich gekehrter rothaariger Mann. Teresa entdeckt in seinen Augen eine unerfüllte Leidenschaft – er trägt »alle Farben der Welt« in sich, und so besorgt sie ihm Farben, Pinsel und Palette. Obwohl ihre Wege sich schon kurz darauf trennen, beeinflusst diese Begegnung Teresas weiteres Leben auf dramatische Weise. Zehn Jahre später schreibt sie einen sehnsuchtsvollen Brief an den »lieben Monsieur van Gogh«, in dem sie ihm von ihrem peinvollen Schicksal erzählt und schließlich zu sich selbst zurückfindet.

»Giovanni Montanaros Schreiben ist von seltener Leichtigkeit – in der Form, aber auch bei der Verschmelzung verschiedener Erzählstimmen. Ein Zeichen wahrer Könnerschaft!« Eric-Emmanuel Schmitt

Giovanni Montanaro

Alle Farben der Welt

Roman

Aus dem Italienischen von

Karin Krieger

Deutsche Verlags-Anstalt

Für Giulia, noch immer

löschst du jede Nacht für mich aus,

ermöglichst du mir jede Morgenröte.

Gelb, ja Gelb, ich weiß es nicht
Ob ich wiederseh dein Licht
Irgendwann kommst du in Sicht
Vielleicht auch nicht

Vielleicht auch nicht.

Lieber Monsieur van Gogh,

vielleicht werden Sie diesen Brief nie lesen. Ich weiß nicht, ob ich den Mut haben werde, ihn zu verschließen und abzusenden. Ich weiß auch nicht, ob Sie sich überhaupt noch an mich erinnern, ob Ihnen etwas von mir im Gedächtnis geblieben ist, mein Gesicht oder meine Stimme. Ich hoffe es, auch deshalb, weil ich den Eindruck habe, dass Sie von allen Menschen, die Ihnen begegnet sind, etwas bewahren, und von allen Dingen, die Sie gesehen haben, und getan.

Ihre Adresse habe ich mir besorgt: Doktor Gachet, im alten Mädchenpensionat, Rue de Vassenots, Auvers-sur-Oise.

Allerdings, und das wissen Sie ja selbst, werden viele Briefe zwar angefangen, doch mehr auch nicht. Man findet nicht den Mut, sie abzuschicken, aus Furcht davor, falsch verstanden zu werden, nicht verstanden zu werden oder gar, weil man ungern fragt. Denn es ist immer schwer, wenn man zwar den Wunsch hat sich zu erinnern, aber gleichzeitig auch Angst vor der Macht der Vergangenheit.

Auch Sie, der Sie viele Briefe geschrieben haben, wissen das. Obgleich Sie keinen einzigen davon je an mich gerichtet haben.

Wie dem auch sei, ich fange an.

Ich heiße Teresa, heute ist mein sechsundzwanzigster Geburtstag. Im Park, unter den großen Pinien mit den rötlichen Ästen, steht eine festlich gedeckte Tafel. Viele Freunde warten auf mich, sie wollen mit mir feiern. Es wird Fleisch vom Schwein und Cidre geben, hat man mir gesagt, nicht die üblichen Linsen, Bohnen und Kolonialwaren, die hier nur allzu oft schimmlig schmecken. Heute werde ich mich also kurzfassen.

Ich schreibe Ihnen, weil ich Ihnen etwas sagen muss, was ich noch keinem Menschen gesagt habe. Ich kann nicht anders.

Wir beide, Sie und ich, lernten uns vor gut zehn Jahren im belgischen Geel kennen. Ich hatte langes, schwarzes Haar und runde Wangen. Wir verbrachten nur wenige Tage zusammen, doch ich hoffe trotzdem, dass Sie diese so wie ich in guter Erinnerung haben.

Ich kann mich noch genau an Sie erinnern, an Ihre helle Haut, Ihre breiten Schultern und sogar an Ihre Schrift. Sie waren damals ungefähr so alt wie ich jetzt. Ich habe Ihr Gesicht, Ihre Leidenschaft und die Sorge um Ihr Schicksal stets in mir bewahrt. In all den Jahren habe ich oft an Sie gedacht. Es wäre mir ein Trost, zu wissen, dass auch Sie sich bisweilen gefragt haben, was wohl aus mir geworden ist.

Bitte kommen Sie mit, kehren Sie mit mir zu einem Septembertag des Jahres 1864 nach Geel zurück, hinter das Pfarrhaus, zu dem Augenblick, als Vikar Torsten den Rosenkranz beim dreiundzwanzigsten Ave-Maria unterbrach und durch die hintere Tür aus der Kirche der heiligen Dymphna trat.

Dort muss ich anfangen, ich muss verstehen, warum all das geschehen ist, muss mich vergewissern, dass all das geschehen ist, dass ich das Mädchen war, das ich nun nicht mehr bin.

Vertrauen Sie mir, Monsieur van Gogh, ich bitte Sie, und lesen Sie weiter.

Es war ein sonniger Tag, ein in Geel seltener Tag. Rings um das Pfarrhaus jubelten die Farben. In der Ferne die gelbgrünen Felder, ein grauer Schafstall und dunkle Bäume, gleich hinter der Kirche eine lange, wilde Dornenhecke und Land, weder ganz schwarz noch ganz violett, bedeckt mit Erika und Torf. Der Tag war sonnig, durchaus, doch der Vikar haderte mit Gott. Seit Jahren war nämlich kein Wunder mehr geschehen.

Die Kirche der heiligen Dymphna war rappelvoll wie immer in den Tagen der Novene. Die Bittenden kamen, umkreisten dreimal den Altar der Heiligen, knieten nieder, schlugen sich gegen die Brust, streuten sich Asche aufs Haupt, sangen die Psalmen oder ließen sie von den Kindern singen und erflehten die Barmherzigkeit des Himmels. Alles, wie es sein sollte.

Doch niemand wurde geheilt.

Vikar Torsten starrte niedergeschlagen vor sich hin, als er zwei sich paarende Katzen bemerkte. Zunächst versuchte er, sie zu übersehen, trat dann aber näher. Die Sache amüsierte ihn. Diese Tiere wälzten keine Probleme, hatten keine Bedenken, sie mussten keine Fastenzeit einhalten und fürchteten sich nicht vor den Strafen der Hölle. Sie begnügten sich mit etwas Futter, etwas Sonne und einem schnellen Liebesspiel, wie schön! Doch da erkannte Torsten sie. Das waren doch der weiß-rote Kater des Müllers und der schwarze Streuner, der sich immer dort in der Gegend herumtrieb.

Du lieber Himmel, zwei Kater!

Zwei Kater, die sich besprangen, zusammenklebend wie Pech und Schwefel. Unerhört, das war wider die Natur! Der Vikar hob einen Stein auf und warf nach den beiden. Eines der Tiere wurde hart getroffen, und die Kater stoben in Richtung Heide davon.

Als der Stein das Tier traf, verdunkelte sich der Himmel, er wurde kupferrot, und die Sonne verschwand. Ein Windstoß fuhr kaum merklich durch die Zweige. Der Vikar zog sich in die Kirche zurück. Ihm mag durch den Kopf gegangen sein, dass es nicht klug ist, sich mit Gott anzulegen.

Zur selben Zeit kam die alte Ohneruh die Schotterstraße entlang, die den Ort durchschnitt. Es war Markttag, und an den Ständen herrschte reges Treiben. Der eine verkaufte Kerzen, der nächste Stoffe, einer bot Almanache feil, und irgendwer spielte Drehorgel, an einem Stand gab es Wunderkräuter aus den Kolonien und an wieder einem anderen Mohn aus Holland. Da waren der Feuerschlucker und der Schornsteinfeger, der Scherenschleifer und der Trödler. Das ganze Dorf war da. Die Alte ging an allen vorbei, sie spürte, dass die Zeit der Entbindung gekommen war.

Niemand wusste, dass sie schwanger war. Sie, eine arme Irre, die beaufsichtigt und betreut werden musste! Was würde man über den alten Gaston reden, der sie achtzehn Jahre zuvor bei sich aufgenommen hatte? Was sie da im Bauch trug, war ein Zeichen des Teufels.

Die alte Ohneruh hatte ihren Namen verloren, als sie nach Geel gekommen war. Sie war vor mehr als vierzig Jahren in Paris geboren und schon als kleines Mädchen sonderbar. Sie machte ins Bett, man ertappte sie, als sie sich zwischen den Beinen berührte, und sie behauptete, dass sie mit den Engeln sprechen könne, und vor allem, dass die Engel ihr antworteten.

All das beunruhigte ihre Familie, doch den Ärzten gelang es nicht, das Mädchen davon abzubringen, trotz der Heilkräuter und der gesungenen Litaneien, trotz der Tatsache, dass man ihr die Hände mit einem Strick zusammenband, wenn man sie zu Bett brachte. Nachdem man es auch mit eiskalten Bädern und glühenden Eisen versucht hatte, gab man die Hoffnung auf. Ein Pariser Arzt empfahl, sie in die Salpêtrière zu stecken. Da war sie noch nicht einmal zwölf Jahre alt, immer noch ein kleines Mädchen.

Ihre Eltern, die mit Tabak handelten, gingen bankrott. Um ihren Gläubigern zu entkommen, flohen sie aus Frankreich nach Südamerika. Sie vergaßen die Kleine.

Als man Ohneruh zehn Jahre später aus der Irrenanstalt entließ, wusste sie nicht, wohin, und so schickte man sie nach Geel. Sie war weder zu Verstand gekommen, noch hatte sie Frieden gefunden, und aus Angst, auch dort könnte jemand sie im Schlaf überraschen und ihr wieder etwas antun, schlief sie niemals, sie blieb immerfort wach, in einer Art Dämmerzustand.

So kam es, dass sie von allen Ohneruh genannt wurde.

Sie war einfach nur verrückt, Monsieur van Gogh. Doch ich bin mir sicher, dass sie das kleine Wesen wollte, das sie im Schoß trug, sie, die zu alt zum Gebären war. Hinter ihrem erloschenen Blick, den abgerissenen Sätzen und ihrer wilden Teufelsmähne glomm noch so viel Seele, wie sie brauchte, um zu wissen, was es mit der Liebe und mit dem Leben, das in ihr wuchs, auf sich hatte.

Kein Mensch hat je den Namen des Vaters erfahren.

Er war ein gemeiner Kerl, der sich schämte, eine arme *Monomanin* geschwängert zu haben, weshalb er sie zu den Zigeunerinnen brachte, damit sie abtrieb. Ohneruh erinnerte sich noch genau daran. An den Stich einer großen, glühenden Nadel, die ihr zwischen die Beine gerammt wurde und eine ganze Drehung beschrieb, um ihr die Gebärmutter auszukratzen, ohne jedoch zu finden, was sie suchte, weil der Fötus sich im Bauch festgeklammert hatte wie ein Schiffbrüchiger an ein Floß. Auf unergründliche Weise wurde dieses Geschöpf verschont, und es gehörte nur ihr.

Das ist das Bild, Monsieur van Gogh.

Ein ganzes Dorf, das anderswohin schaut, und sie, die mittendurch geht.

Sie spürte, dass sie sich von ihrer Last befreien musste, nach nur sieben Monaten Schwangerschaft, und so lockerte sie den viel zu engen Kittel.

Während nun Windstöße die Planen der Karren blähten, die Flamme des Feuerschluckers bedrohten, Staub aufwirbelten und die Mähnen der Pferde zerzausten, kauerte sich die alte Ohneruh auf den Boden und begann zu schreien.

Niemand hörte sie, niemand kam zu ihr, niemand begriff, dass sie im Sterben lag. Alle brachten ihr Hab und Gut in Sicherheit, räumten hastig zusammen und zogen sich in ihre Häuser zurück. Die Böen waren heftig und bedrohlich geworden. Sie ließen die Fensterscheiben erzittern, pfiffen durch die Äste und heulten auf den Felsen. Der Sturm rumorte über die Maßen, während die Alte ihr Kind zur Welt brachte. Alles vermischte sich, verwirbelte sich, Samen und Erde wurden durch die Luft geschleudert, alles war verdreht, so wie in Geel immer alles verdreht gewesen war, so wie sich auch im Bauch der Verrückten alles verdrehte. Das kleine Geschöpf strampelte, kämpfte, wollte heraus, wollte zur Welt.

Die Fruchtblase platzte. Ohneruh begann zu pressen, presste mit weit geöffneten Beinen, und sie dachte, dass dies nun das Letzte war, was sie auf Erden tun würde, sie biss die Zähne zusammen, und ein kleines Etwas glitt heraus wie ein Fisch, es rutschte in den Rock der Mutter und fing an zu schreien.

Die Alte betrachtete das Mädchen.

Der Wind hatte sich gelegt.

Dieses Mädchen war ich.

Vikar Torsten war es, der mich fand. Er erfasste sofort, dass er für meine Mutter nichts mehr tun konnte, und rief umgehend Lisbeth, die Hebamme, herbei, damit sie mich abnabelte, bevor auch ich starb. Dann nahm er mich hoch, wischte mir mit seinem Taschentuch das Gesicht ab und schaute zwischen meine Beine. Er sah einen rosa Spalt, der keinen Zweifel ließ: ein Mädchen.

Er war erschüttert, weil Ohneruh starb, hoffte jedoch zugleich, meine Geburt möge das gute Omen sein, das er von Gott ersehnt hatte.

Meine Mutter wurde gleich hinter der Kirche, unweit des weißen Grabmals der heiligen Dymphna beigesetzt. Ich habe Ihnen die Stelle gezeigt. Es ist ein schlichter Ort, ein Stückchen Erde mit namenlosen Kreuzen, ärmlichen Holzkreuzen, ein Bauernfriedhof.

Einige Tage später fuhr Vikar Torsten zum Standesamt von Antwerpen, um meine Geburt zu melden, und Gaston fuhr mit, um den Tod nach großem Blutverlust der Französin Hélène Bruvière anzuzeigen, der *schwachsinnigen Monomanin*, die am 15. Dezember 1846 nach Geel gekommen und Gaston als ihrem *nourricier*, ihrem Vormund, anvertraut worden war.

Ich wurde im Angesicht Gottes auf den Namen Teresa Ohneruh getauft. Das Leben in Geel ging weiter, als wäre nichts geschehen.

So erzählt man es sich, Monsieur van Gogh, und es heißt auch, der Vikar und Gaston hätten befürchtet, man könnte mich in ein Waisenhaus stecken. Daher gingen sie schnurstracks ins Rathaus zu Doktor Shepper, dem königlichen Inspektor von Geel. Er war eigentlich Arzt, hatte aber darüber hinaus in unserem sonderbaren Dorf auch amtliche Befugnisse.

Er zeigte sich erstaunt über dieses unverhoffte Ereignis und stellte einige Fragen zur Schwangerschaft. Torsten schenkte ihm reinen Wein ein, und Doktor Shepper beschränkte sich darauf, mit einer raschen Begutachtung festzustellen, was im Dorf ohnehin schon alle wussten, dass Gaston nämlich seit einem Haiangriff vor den Komoren keine Frau mehr schwängern konnte.

In meinem Interesse verfolgte Shepper die Sache nicht weiter und verzichtete darauf, sie im Melderegister zu verzeichnen.

Natürlich hatte der Doktor auch Geels Interesse im Auge. Seine Meldungen würde man auch in Brüssel lesen, und die Erwähnung einer geschwängerten Verrückten hätte möglicherweise verhindert, dass unser Dorf auch weiterhin das sein konnte, was es seit undenklichen Zeiten war, die sonderbare Ausnahme, die so mancher für unmöglich hielt.

Jedenfalls rechnete der Inspektor nicht damit, dass der Skandal von langer Dauer sein würde. Ich war eine Frühgeburt und hatte ein so zartes Körperchen, dass man sich kaum traute, mich auf den Arm zu nehmen, und ein harter Winter stand vor der Tür. Der gute Shepper glaubte nicht, dass ich das kommende Jahr erleben würde. Doch Torsten zündete jeden Abend bei der heiligen Dymphna eine Kerze für mich an.

So bin ich, allen Erwartungen zum Trotz, immer noch da, Monsieur van Gogh.

Ich hatte damals schon dunkles Haar und runde Wangen. Ich schlief tief und fest und hatte wahrscheinlich herrliche Träume, denn ich lächelte immer.

Im März, sechs Monate nach meiner Geburt, wollte mich der Inspektor gründlich untersuchen. Er wusch mich, hörte mich ab, öffnete meinen Mund, schaute sich meine Zunge an, tastete meine Rippen ab, untersuchte meine Ohren. Und sah, dass ich gesund war.

Er entschied, dass ich im Pfarrhaus abgestillt werden und unverzüglich Wilhelm De Goos übergeben werden sollte, einem Gutsverwalter, der mit seiner Frau außerhalb des Ortes lebte und auch einen Grubenarbeiter namens Icarus Broot beherbergte, den Besitzer des einzigen Velozipeds von Geel.

Shepper war es lieber, dass ich dort aufwuchs, geschützt vor den neugierigen Blicken und dem naiven Aberglauben der Dorfbewohner.

Er verstand zwar nicht genau, was mit mir war, doch etwas spürte er, etwas, das mich zu etwas Besonderem machte. Doch eigentlich ist gar nichts Besonderes an mir. Ich bin nur eines der unzähligen Wunder, die in Geel nicht geschehen sind.

Genau so war es, Monsieur van Gogh.

Auf diese Weise begann mein Leben, mitten im Sturm. Eine schöne Art, zur Welt zu kommen, nicht wahr? Ich wuchs in der unfruchtbaren Natur des Kempenlandes heran. Eines Landstrichs, der nichts hergibt und wo die Schwalben nur selten Station machen.

Doch die Farben gefielen mir. Ich muss oft an sie denken. An das Orangerot der Füchse, das Weiß-Gelb des schaumigen Bieres, das Rot der Tulpen und an die durchsichtigen Raupen, aus denen bunte Schmetterlinge werden. Als kleines Mädchen fragte ich mich oft: Wie kann denn ein brauner Baumstamm einen gelben Apfel hervorbringen? Wie kann ein grüner Strauch blaue Beeren tragen?

Wozu gibt es so viele Farben?

Ich habe Sehnsucht nach jener Zeit.

Ich spüre noch immer das Heu in meinem Rücken, an das ich mich lehnte, am Abend, wenn die Kühe nach Hause kamen. Der Himmel verfärbte sich rötlich, und ich wartete auf die Sterne. In den Fingern hatte ich Bohnen, die enthülst werden mussten, oder Kartoffeln, deren schmutzige Schale ich mit einer Drahtbürste schrubbte. Kochen gefiel mir.

Mich zu erinnern fällt mir schwer.

Doch ich war dieses Mädchen.

Ich war glücklich.

Madame De Goos war dick, launisch und berühmt für ihre Hirseplätzchen. Monsieur De Goos hielt sich, wenn er nicht auf dem Feld war, um den Bauern Anweisungen zu geben, im Stall auf, um die Kälber zu füttern, oder im Büro, um Abrechnungen zu machen.

Und da war Icarus, der jeden Morgen vor Tagesanbruch aufstand und sich auf sein wackliges Gefährt schwang, auf dieses Wunder der Technik, um nach Osten zur Kohlengrube zu fahren. Ich sehe ihn noch vor mir, wie er, groß und dünn, im Morgennebel aufbrach. Nicht gerade ein schöner Mann, doch man konnte ihn auch nicht übersehen. Er war klug und liebenswürdig, mutig und melancholisch. Er war einer jener Männer, die den Eindruck vermitteln, einen Sinn in dem zu finden, was sie tun.

Wenn Icarus am frühen Nachmittag nach Hause kam, war er ganz für mich da. Er ließ mich auf Ästen herumklettern, kämmte mir das Haar und steckte es mir unter die Haube, spielte Akkordeon oder sagte mir Gedichte auf. Er lehrte mich lesen und schreiben. Erzählte mir von Shakespeare, Hugo, Zola und von den Werken, die sie geschrieben hatten. »Wenn dich ein Buch beeindruckt, dann deshalb, weil es mit dem Herzen geschrieben ist, mit Demut und Schlichtheit«, pflegte er zu sagen. Ich hörte ihm gern zu. Wir verbrachten endlos lange, wunderbare Nachmittage zusammen. Ich lernte die Namen der Pflanzen, der Tiere, der Winde, und er ließ mich herumtollen. Icarus erzählte mir auch die Geschichte von Geel und die Legende von der heiligen Dymphna, erzählte mir, welche Bewandtnis es mit der Gastfreundschaft von Geels Einwohnern hatte und welche Vorschriften den Aufenthalt seiner Gäste regelten. Er sagte auch, dass es schwierig sei, Fremden von unserem Dorf zu erzählen. Niemand könne glauben, dass es einen solchen Ort gibt, wo die Verrückten in der Gemeinschaft aller leben.

Einmal halfen wir den Bauern, Kohle ins Haus zu bringen, und als wir allein auf der schmalen Allee waren, fragte ich ihn:

»In welchem Alter heiratet man eigentlich?«

»Das kommt darauf an«, antwortete er ausweichend. Er schien sich zu amüsieren.

»Worauf denn?«, bohrte ich weiter.

»Darauf, ob man den richtigen Menschen gefunden hat.«

»Aber muss das denn nicht die Familie entscheiden?«

»Früher war das so. Heute kommt man auch ohne aus.«

»Und hast du noch nicht die Richtige gefunden?«, fragte ich etwas ängstlich.

»Nein, noch nicht.«

Ich war erleichtert. »Und wie sollte sie sein?«

»Wenn ich sie gefunden habe, sage ich dir, wie sie ist«, sagte er lächelnd. Er hatte gemerkt, was los war.

»Wird sie Ähnlichkeit mit mir haben?«

Nun schien Icarus verlegen zu sein. Er zog mich nicht auf, wie er es sonst immer tat.

Später nahm er mich manchmal auf seinem Veloziped mit, wenn er nicht zu müde war. Wir fuhren die menschenleeren Wege entlang. Wenn wir zum Bergwerk kamen, sagte er jedes Mal, er habe es nicht nötig, dort zu arbeiten, er habe an der Universität studiert und könnte Chemie unterrichten. Doch er schreibe an einem Buch über die Grubenarbeiter, über ihre Arbeitsbedingungen und darüber, wie schlecht sie von den Grubenbesitzern bezahlt wurden.

Ich begriff nicht viel davon und war nicht gern dort. Die Kohlengrube machte mir Angst. Diese unterirdische Welt, die niemand sehen konnte, war mir unheimlich. Auch die Landschaft ringsherum ließ mich schaudern, die ärmlichen Hütten, umgeben von toten, schwarz verrußten Bäumen und Brombeerhecken, Mist und Abfällen, Kohleresten und Asche.

Icarus zeigte mir ein Wachhäuschen und davor einen Krater, dessen Ränder festgetreten und ohne einen Grashalm waren. »Bergarbeiter sind wie Seeleute an Land«, sagte er. »Sie sehnen sich nach der Grube, trotz aller Gefahren und Anstrengungen. Kaum zu glauben, doch so ist es.«

»Und wie sind sie?«

»Wie alle Bewohner des Kempenlandes. Sie können weder lesen noch schreiben, gleichen das aber mit anderen Vorzügen aus. Sie sind flink und unerschrocken. Klein von Gestalt, mit melancholischen Augen. Sie sind nervös, doch nicht schwach. Empfindlich, könnte man sagen.«

»Und warum fahren sie dort hinunter?«

»Für ihren Lebensunterhalt, eine andere Arbeit gibt es hier für sie nicht. Und um zu sterben. Es kommt zu Wassereinbrüchen, Erdrutschen, Erstickungstoden.«

Ich dachte bei mir, dass ich um nichts auf der Welt in die Grube hinunterfahren würde und dass es ziemlich dumm von Icarus war, es aus freien Stücken zu tun. Ich fürchtete, ihm könnte etwas zustoßen, doch das sagte ich ihm nicht. Icarus gefiel mir wirklich.

Es fehlte mir an nichts, Monsieur van Gogh.

Ich lernte kochen, sticken, spinnen, rechnen und beten. Die De Goos' erzogen mich zu einer Hausfrau, und sie behandelten mich nicht wie ein Findelkind. Sie hofften, dass ich eines Tages heiraten könnte. Auch bei den Männerarbeiten stellte ich mich geschickt an. Ich hackte Holz, machte mit Steinen Feuer, beschlug die Pferde, kaute heimlich Tabak und dann Minzblätter, um den Geruch zu vertreiben, ich wusste, wie man beim Kartenspielen mogelt, und es machte mir nichts aus, den verletzten Fuß einer Kuh zu nähen.

Wenn ich von niemandem gefunden werden wollte, versteckte ich mich in einer kleinen Höhle inmitten der Felder. Ich verbrachte viel Zeit allein, flocht Ähren zusammen oder warf Steinchen so weit es ging.

Mir gefiel dieses Leben.

Auch Sie lieben die Einsamkeit, Monsieur van Gogh. Das haben Sie einmal in einem Brief geschrieben: *Geldnot und Elend haben ihren Sinn, und tiefe Mutlosigkeit hat auch ihren Sinn, und zuweilen ist es ein gutes Mittel, um sich die nötige Einsamkeit zu sichern, damit man sich in irgendeine Sache, die einen beschäftigt, noch mehr vertiefen kann.*

Wir haben immer viel geredet, Monsieur van Gogh. Auch wenn Sie nicht viel mit mir gesprochen haben, so habe ich doch oft mit Ihren Worten gesprochen.

Gleich nach dem Mittagessen ging ich zu Gaston.

Ich lief über die Felder, sprang über einen kaputten Zaun und gelangte in den kleinen Garten, in dem Gaston das Meer lehrte. An windigen Tagen versammelte er die Kinder des Dorfes um sich, ließ sie sich auf die Steine setzen und zeigte dann auf die vom Mistral niedergemähten Felder: »So ungefähr ist das Meer, man weiß nie, wo es anfängt und wo es aufhört.« Sobald alle aufmerksam waren, erzählte er von Wellen und von Ebbe und Flut, vom Seehandel und von Schlachten, von Flaggen und von Piraten. Die Kinder waren begeistert und wollten, dass er sie mit nach Antwerpen nahm, zum richtigen Meer, dem blauen und nicht dem gelben, zum Meer mit Ferngläsern und Schaluppen, nicht mit Bäumen und Heugarben.

Auch ich interessierte mich für den Hafen und die Schiffe. Doch ich hatte noch ein anderes Meer in mir, ein großes, leeres Meer ohne Wasser. Nach dem Unterricht blieb ich oft noch ein wenig bei Gaston, um mit dem Seemann zu plaudern, ich fragte ihn nach meiner Mutter, wer sie gewesen war und was ihr gefallen hatte.

Mag sein, dass Gaston Seemannsgarn spann, aber das war mir egal. Ich wusste, dass meine Mutter nur eine Verrückte war, und er gab ihr eine Geschichte. Mir war das recht. Er erzählte, die alte Ohneruh sei versessen auf Honig gewesen und habe ständig einen Kinderreim über Geel aufgesagt – *Gelb, ja Gelb, ich weiß es nicht* –, man habe ihr das nicht ausreden können, und sie habe sich gern eine Margerite ins Haar gesteckt. »Fast immer zog sie ein mürrisches Gesicht, doch was mich stets beeindruckte, was mich anrührte, war, dass sie beim Pfeifen die Augen schloss. Wenn sie das tat, war sie wirklich ganz bei sich.« Ich stellte sie mir als eine schöne Frau vor, so wie andere Mütter, wie die, die ich auf dem Markt sah, wenn ich doch einmal bis ins Dorf ging, und ich träumte von ihrer Umarmung, die, so wusste ich, anders gewesen wäre als alle Umarmungen, die ich bisher in meinem Leben gespürt hatte.

Eigentlich gibt es doch niemanden, der keine Geschichte hat. Meinen Sie nicht auch? Jeder erfährt die Liebe, die Nacht, die Stille, und jeder erfährt auch die Unzuverlässigkeit der wünschenswerten guten oder schönen Dinge.

Ich stehe auf, gehe zum Fenster, um etwas frische Luft zu schnappen, dann setze ich mich wieder an den Tisch. Vom Fenster aus sieht man Pinien, die Berge in der Ferne und eine sehr hohe Zypresse. Die Zypresse gefällt mir, sie leistet mir Gesellschaft, und ein bisschen unheimlich ist sie mir auch. Sie ist schön, und ich mag ihr Holz und ihren Wuchs.

Der Winter 1877 war schrecklich. Eisiger Wind fegte über die Felder, schon im September fiel der erste Schnee, alle bekamen Fieber, die Kinder starben, kaum dass sie geboren waren, und die Mütter starben bei der Geburt. Eines Abends holte ich Wasser vom Brunnen und spülte den

Schmutz der Tiere fort. Das Wasser gefror auf der Stelle. Meine geröteten Finger klebten am Blecheimer fest. Da spürte ich plötzlich eine Hand auf meiner Schulter. Es war Icarus, er stammelte, Madame De Goos sei tot, sie habe Giftpilze gegessen.

Meine Erinnerungen an Madame De Goos sind nur schwach. Ich mochte sie gern, doch es ist sehr lange her. Außerdem möchte ich nicht mehr daran denken, denn ihr Tod hat mich erschreckt: Ich entdeckte sie, als ich durch die offene Tür spähte. Man hatte mir verboten, das Zimmer zu betreten, doch meine Neugier war stärker. Sie lag zwar ganz friedlich da, ihr Gesicht aber war gelbgrün.

Auch der Tod hat seine Farbe, dachte ich. Alles hat seine Farbe.

Wenige Monate später erkrankte Monsieur De Goos. Zunächst überzog sich sein Gesicht mit roten Flecken, dann blähte sich sein Oberkörper auf wie der eines Stiers, und am Ende setzte seine Atmung wieder und wieder aus. Juckreiz und Krämpfe quälten ihn. Seine Haut schien abzublättern, als ob er sich häutete. Ich war es, die ihn pflegte, die bei einem Anfall Doktor Shepper holte, die ihm Tee und Salben bereitete. Sein Zustand verschlechterte sich zunehmend. Icarus hatte sich angewöhnt, zu Fuß zum Bergwerk zu gehen, damit ich das Veloziped nehmen konnte, falls nötig.

Warum tut es immer so weh, sich zu erinnern?

Monsieur De Goos in diesem Zustand zu sehen war herzzerreißend. Wenn er delirierte, erkannte er mich nicht mehr, beschimpfte mich und schrie, ich solle verschwinden. Ich sah, wie er verging, Stunde um Stunde, und betete zu Gott, er möge ihn rasch zu sich nehmen.

Eines Tages hörte ich ihn laut wehklagen, die Sonne hinter den Wolken war eine weiß-violette Scheibe, ich erschauerte. Ich wusste, dass es nun zu Ende ging, hastete ins obere Stockwerk, riss das Fenster auf, weil ein unangenehmer, beißender Geruch in der Luft lag, und ließ etwas Licht herein. Ich sah diesen ausgemergelten Körper und dachte unwillkürlich, dass ich wohl zum letzten Mal Monsieur De Goos' Stimme hörte.

»Hol Icarus«, hauchte er.

»Ich hole den Doktor.«

»Nein, nein.«

»Den Priester?«

»Icarus …«

Ich nahm einen Beutel mit Silbermünzen, versteckte ihn unter meinem Kleid, schwang mich aufs Veloziped und radelte, so schnell ich konnte, zur Kohlengrube.

Im Wachhäuschen saß ein dicker Mann hinter einem kleinen Tisch. »Ich muss zu Icarus Broot, ein Notfall«, sagte ich.

Ich kann mich noch genau an seine Antwort erinnern, Monsieur van Gogh, an seine träge Handbewegung und an seine gelangweilte Stimme: »Die Schicht endet in einer Stunde, Kleine. Vorher ist es nicht gestattet …«

»Ein Mann liegt im Sterben. Würden Sie ...«

»Was geht mich das an?«

»Geht Sie dann wenigstens das hier etwas an?« Mit diesen Worten schüttete ich die Münzen vor ihm auf den Tisch. Der Dicke hatte wohl noch nie so viel Geld auf einem Haufen gesehen, und seine Augen leuchteten auf. »Ich habe noch mehr davon«, fügte ich hinzu. »Das bekommen Sie nach meiner Rückkehr.«

»Warte mal, du Rotznase«, sagte er, drehte sich um, nahm ein gelbes Blatt Papier aus einem Schränkchen und schrieb etwas darauf. »Du musst den Mann unter Tage abholen, seinen Tageslohn behalten wir ein.«

Er stand auf, winkte mir, ihm zu folgen, ging zum Grubeneingang und zündete sich eine Zigarette an. Mit einer Winde holte er einen völlig verdreckten, schmierigen Metallkasten herauf, den eine Gittertür verschloss. Er riss sie auf, forderte mich auf, einzusteigen und meine Holzschuhe auszuziehen, nahm sie mir ab, gab mir eine Lampe und riet mir, mich an den Gitterstäben festzuhalten. So fuhr ich hinab, dorthin, wo der Anfang vom Ende der Welt war.

Der Käfig machte einen gespenstischen Lärm.

Wenn ich die Augen schließe, spüre ich noch immer, wie der Boden unter mir bebt, spüre ich, wie der Käfig schwankt, vor und zurück wie ein gigantisches Pendel. Das nie mehr anzuhalten scheint. Ich hielt den Atem an, mein Herz hämmerte. Das Licht über mir verschwand allmählich, es wurde immer kleiner, und unter mir war es wie Feuer, als wollte die Erde mich kochen. Fünfzig Meter, hundert Meter, es wurde heißer und heißer.

Ich fuhr mehrere Ebenen in die Mine hinab, bevor der Kasten ratternd zum Stehen kam. Ich schaute nach oben. Das Tageslicht war nicht größer als ein Stern am Himmel.

»Ist hier jemand?«, rief ich.

Ein Mann mit einer Fackel kam auf mich zu. Er war vollkommen rußbedeckt und schaute mich ungläubig an. »Wer bist du denn?«, fragte er, während er die Käfigtür öffnete.

»Ich heiße Teresa Ohneruh«, antwortete ich und hielt ihm das gelbe Blatt hin, das der Wachmann unterschrieben und abgestempelt hatte.

»Und zu wem willst du?« Er legte einen Steg aus hellem Holz zwischen Boden und Gitterkasten. Lesen war dort unten unmöglich.

»Zu Icarus Broot.«

»Den findest du da hinten.« Er wies in die einzig mögliche Richtung, auf einen langen Stollen.

Es war ein überaus finsterer, schauriger Ort.

Aus allen Ritzen sickerte Wasser. Das Licht meiner Lampe rief eine eigenartige Wirkung hervor und spiegelte sich wie in einer Tropfsteinhöhle. Die Grubenarbeiter, die ich ringsumher sah, waren ausgemergelt und fieberfahl, verwittert und frühzeitig gealtert. Auch die Frauen waren blassgelb und verwelkt. In einem niedrigen, engen Gang, der durch rohes Holzwerk gestützt wurde, reihte sich Zelle an Zelle. In jeder war ein Arbeiter in grobem Leinenanzug, schwarz und schmutzig wie ein Schornsteinfeger, beim matten Licht eines Lämpchens damit beschäftigt, die Kohle loszuhacken. Es sah aus wie in einem unterirdischen Kerker. In einigen dieser Zellen standen die Männer aufrecht, in anderen lagen sie auf dem Boden. Die ganze Einrichtung ähnelte den Zellen in einem Bienenkorb, oder eigentlich sahen sie aus wie eine Reihe Backöfen, wie man sie bei den Bauern findet. Die Kohle wurde vorwiegend von Kindern verladen, von Jungen und Mädchen, die Karren auf Rädern befüllten. Ein Stück weiter war eine Art Stall mit sieben alten Lastpferden. Sie zogen die Karren bis zu der Stelle, von wo aus sie nach oben befördert wurden.

Ich ging weiter.

Vorsichtig setzte ich auf dem schlüpfrigen Boden einen Fuß vor den anderen und tastete mich mit den Händen an der Wand entlang.

Ein beißender Geruch stach mir in die Nase. Ein Geruch, den ich noch immer in mir habe, der mir in die Kehle steigt wie ein Brechreiz. Ein Geruch nach verdorbenem Essen.

»Icarus! Icarus!« Ich erhielt keine Antwort.

Der Stollen wurde noch enger, und ich bekam es mit der Angst zu tun. Ich konnte nichts sehen, meine Haube verfing sich am Gestein, ich hörte ein Reißen, und ein Stück Stoff strich über meine Wange, ich kauerte mich hin, war ein

Hase mit bebenden Nüstern, bereit, davonzuschnellen. Ich fragte mich, ob mich dieser Stollen überhaupt irgendwohin führte. Ich fragte mich, ob ich je zurückkehren würde.

Da erlosch meine Lampe. Ganz plötzlich, Monsieur van Gogh. Als hätte sie jemand ausgeblasen. Ich erschrak, konnte jedoch nicht schreien, die Luft blieb mir im Hals stecken, ich atmete etwas Heißes ein, das mir den Gaumen verbrannte. Ich hustete, verschluckte aber auch etwas von diesem Rauch. Tausend kleine Nadeln stachen mir in die Kehle und gelangten in meinen Bauch. Die Haut an meinen Armen spannte sich. Sie fühlte sich an wie ein Schildkrötenpanzer.

Da erblickte ich etwas vor mir, eine zarte Frauengestalt in Weiß, ein Schattengebilde. Sie sah genauso aus, wie Gaston mir meine Mutter beschrieben hatte, oder vielleicht, wie ich sie mir erträumt hatte, und hinter ihr sah ich eine Flamme, eine Flamme, die sie verbrannte und über ihr zusammenschlug. Eine riesige Flamme, einen Scheiterhaufen mit unzähligen, schneeweißen Rauchlinien, die tanzten und immer schneller wurden, und laut.

Ich blinzelte, und die Erscheinung verschwand, doch meine Haut war noch immer hart und angespannt. Ich fühlte mich wie in der Falle. Ich wusste nicht, was tun, rührte mich nicht. Icarus war nur ein Stückchen weiter vorn, ich musste ihn rufen, ihn zu dem sterbenden Monsieur De Goos bringen, dafür war ich hinabgefahren und hatte mir die Füße schmutzig gemacht, dafür lief ich Gefahr, zu ersticken. Es gab keinerlei Grund, stehen zu bleiben, ich brauchte doch nur ein paar Meter vorwärtszugehen, dann würde ich wieder normal atmen können, so etwas passierte nun mal in einem Bergwerk.

Nein.

Ich musste weglaufen. Das hatte mir meine Mutter zu verstehen gegeben. Es war zu gefährlich, dort zu bleiben. Ich schrie: »Die Lampe ist ausgegangen! Die Lampe ist ausgegangen!«

Ich lief zurück durch die Gänge, zurück zum Eingang des Stollens, mit zerrissener Haube und zerschnittenen Füßen, und die Bergleute drehten sich um, ohne zu verstehen, was das ahnungslose Werk ihrer Stemmeisen unterbrochen hatte. »Fort, fort!«, schrie ich. »Macht, dass ihr fortkommt, alles stürzt ein!«

Alle hörten meine kleine, gellende Mädchenstimme und erschraken. Sie strömten aus den Gängen, tauchten wer weiß woher auf, ließen ihr Werkzeug und die Karren im Stich, stoben zum Ausgang und drängten sich um den Käfig. »Zieht uns hoch!« Die Aufseher versuchten, uns in Gruppen einzuteilen, es bestand die Gefahr, dass wir abstürzten. Der Käfig konnte eine so große Last nicht tragen, wir mussten ruhig bleiben, durften nicht in Panik verfallen, doch alle wollten nach oben, wir waren wie eine Meute wütender Hunde um einen einzigen Knochen. Zum Glück hatte Icarus mich gefunden und hielt mich in seinen Armen.

Der Aufstieg ging rasch und in Schweigen vonstatten, alle hielten still, um bloß nicht die Bestie zu reizen, die da erwachte. Die Fackeln waren erloschen, doch der Himmel kam schnell näher, er entspannte die Gesichter. Sie sahen alle gleich aus, Monsieur van Gogh, alle schwarz wie Afrikaner, mit großen Augen, hell und schicksalsergeben. In diesen Augen lag ein ganz bestimmter Ausdruck. Ein Ausdruck, den ich hier auch wieder gesehen habe, der Blick von Menschen, die genau wissen, warum sie Angst haben.

Der dicke Wachmann kam herbei. »Was ist denn hier los? Darf man vielleicht erfahren, was hier los ist?«

»Die Kleine hat gesagt, wir sollen raufkommen«, antwortete ein Bergmann, dessen Gesicht unter der schwarzgrauen Schicht hochrot angelaufen war. Nichts war passiert. Die Grube war so ruhig wie zuvor.

»Gab es einen Einsturz?«

»Nein.«

»Was denn sonst? Was ist passiert?«

»Nichts.«

»Und warum seid ihr dann hochgekommen?«

»Das Mädchen …«

»Ihr habt eure Arbeit nur hingeschmissen, weil die kleine Rotznase, die zu euch runtergefahren ist, das gesagt hat? Ist das hier ein Aufstand? Oder vielleicht ein *Streik*? Wollt ihr etwa *streiken*? Wisst ihr, was das die Bergwerksgesellschaft kostet? Was ist euch bloß in den Kopf gefahren?«

Icarus setzte zum Sprechen an: »Sie hat eine Gefahr bemerkt, wahrscheinlich ist Gas …«

»Fahrt sofort wieder runter, oder die Mine wird geschlossen. Verstanden? Auf der Stelle und ohne einen Muckser. Und ihr müsst eine doppelte Schicht arbeiten, eine dreifache! Euch ist ja wohl klar, was es heißt, wenn diese Mine schließt. Dann habt ihr nichts mehr zu essen! Ihr wollt nicht unter der Erde arbeiten? Dann werdet ihr bald unter der Erde ruhen, und zwar verhungert!«

In diesem Moment hörte man ein Krachen, einen riesigen Knall, so laut, als hätte der Leibhaftige persönlich die Pforten der Hölle aufgestoßen, und eine turmhohe Flamme loderte aus dem Schacht, mit einem Fauchen wie von einer gigantischen Katze, die von einem Kirchturm geschleudert wird. Dann kam dichter, schwarzer Rauch. Alle nahmen Reißaus und suchten Unterschlupf, doch gibt es nur wenige Felsblöcke, Schlupfwinkel und Büsche im Kempenland, die Flucht war ohne Ende, der Rauch rückte vor, langsam aber stetig, unaufhaltsam.

Dann kam der Wind, der Wind, in dem ich geboren bin, und löste den Rauch auf. Zunächst ließ er ihn grau werden, schließlich verwehte er ihn ganz, die Luft wurde wieder klar. Nur ein Hauch blieb zurück, ein Nachklang des Gestanks, nur ein kleiner Hauch.

Ich, Teresa Ohneruh, hatte die Zukunft vorhergesagt.

Ich habe Angst, Monsieur van Gogh.

Mir ist, als wäre ich gerade erst aus dieser Grube entkommen. Schlimmer noch, als wäre ich noch immer in ihr. Ich bin hinabgefahren und nicht wieder herausgekommen. Ich kann nicht wieder herauskommen, nie mehr. Ich stecke dort fest. Meine Kehle brennt. Meine Arme sind ein Schildkrötenpanzer. Ich fühle mich in der Falle. Ich atme nicht.

Ich atme nicht mehr.

Monsieur De Goos hatte ein Testament gemacht. Er hinterließ alles Icarus Broot – das Haus, etwa einhundert Hektar Land und eine größere Geldsumme auf einer Bank in der Hauptstadt.

Icarus organisierte das Gut neu, um den mittellosen Bergleuten Arbeit zu geben. Er investierte die Ersparnisse der Familie De Goos, machte Schulden bei den Wucherern und traf Absprachen mit den alten Bauern. Die Lage war äußerst schwierig. Das Land warf wenig ab, weil der Rauch aus der Kohlengrube die Felder vergiftet hatte, die Äpfel waren klein, der Weizen verdorrt.

Icarus war so sehr mit anderen Dingen beschäftigt, dass er sich kaum um mich kümmerte. Doch ich bin mir sicher, dass er gar nicht die Möglichkeit hatte, mich bei sich zu behalten. Ich war dreizehn, und es schickte sich nicht für mich, allein mit einem so jungen Mann zusammenzuleben.

Also musste ich gehen.

Ich brauchte eine neue Bleibe.

Doktor Shepper dachte lange darüber nach, wohin er mich schicken sollte. In ein Internat in der Stadt? Niemand hätte den monatlichen Betrag dafür aufbringen können. In ein Kloster? Dafür war ich nicht geschaffen. Eine neue Pflegefamilie war wohl das Beste, bis zu meiner Volljährigkeit oder meiner Hochzeit. Eine gute Partie, ein Haus, Kinder. War es nicht das, was auch ich damals wollte?

Es gab keine bessere Lösung als die Familie Vanheim, die im Zentrum von Geel wohnte, im schönsten Haus des Ortes, ein Ehepaar mit drei kleinen Kindern – Jan, Jos und Jen – und mit einem verunstalteten Verrückten, Frank dem Italiener.

»Kommst du mich mal besuchen, Teresa?« Das war alles, was Icarus zu mir sagte.

»Ja, ich werde oft kommen. Und du?«

»Ich komme ins Dorf, sooft die Arbeit es zulässt.« Das war das einzige Versprechen, das er mir gab, doch gehalten hat er es nicht.

Erinnern Sie sich noch an Geel, Monsieur van Gogh?

Erinnern Sie sich noch, wie viele Verrückte es dort gab?

Ihnen machte dieser Ort Angst.

Die Familie Vanheim war sehr wohlhabend. Monsieur Hans verbrachte mehrere Monate im Jahr im Ausland. Er fuhr nach Südafrika, um Diamanten für die Juweliergeschäfte auszusuchen, oder nach London, um über Versicherungsanleihen zu verhandeln. Madame Emma war pragmatisch veranlagt und hing sehr am Geld. Sie gab keinen Gulden zu viel aus. Es bereitete ihr ein sonderbares Vergnügen, die Münzen zu zählen, sie zu vermehren und durch die Finger rieseln zu lassen. Aus Brüssel erhielt sie bereits neunzig Francs im Monat, weil Frank bei ihnen wohnte – die Unterstützung, die der Staat jedem *nourricier* zahlte –, und betrachtete das als ein gutes Geschäft, kosteten Verpflegung und Unterkunft sie doch weit weniger.

So stellte sie eine Bedingung, als Doktor Shepper sie bat, mich in ihre Obhut zu nehmen: »Warum erklären Sie sie nicht einfach für verrückt? Für mich wären das neunzig Francs zusätzlich. Mit diesem Geld könnte ich sie ernähren, die Reparatur des Daches bezahlen, das über ihrem künftigen Zimmer undicht ist, und ich könnte gut die Hälfte oder wenigstens ein Drittel als Mitgift für sie zur Seite legen.«

Doktor Shepper wusste, dass es Betrug war, wenn sie auch nur einen kleinen Betrag dieses Geldes für sich abzweigte, denn ich würde ihr eine große Hilfe sein. Trotzdem hielt er den Vorschlag für vernünftig. Der Inspektor war kein Mann, der lange fackelte, und so ließ er sich von seinem Geschäftssinn leiten.

Schließlich hatte ich eine Explosion miterlebt, da war es nicht schwer, *Krämpfe* und *Sprechstörungen* bei mir zu diagnostizieren. Und litt ich nicht hin und wieder auch an *Schwermut* und *Angst*? Shepper dachte nach. Welche Ursachen für Wahnsinn könnten mich außerdem quälen, von denen, die sich zuhauf in den medizinischen Gutachten fanden?

Zerrüttete Familienverhältnisse? Enttäuschter Ehrgeiz? Ekstatische Frömmigkeit? Unerwiderte Liebe? Als kleinem Mädchen hatte es mir gewiss nicht an *religiösem Eifer* gemangelt.

Dieser Trick würde es mir gestatten, nicht mittellos heiraten zu müssen, sondern über eine Mitgift und eine Aussteuer zu verfügen. Ich wäre eine gute Partie. Es handelte sich ja lediglich um eine vorübergehende Maßnahme, und so willigte ich ein.

Doktor Shepper machte die Papiere fertig und schickte sie nach Brüssel. Einen Monat später kam der erste Kreditbrief für die falsche Kranke. Auf dem Umschlag stand *An Mademoiselle Teresa Ohneruh*, ich sah ihn allerdings nur kurz, Madame Vanheim ließ ihn unverzüglich in ihrer Schürzentasche verschwinden.

Mir ist, als wäre ich wieder in Geel, Monsieur van Gogh. Mir ist, als wäre ich wieder in jener Straße, wieder dort, im gelben Dorf. Da ist das Haus der Vanheims, die sich öffnende Tür, der schwarze Schlamm, der Kübel zum Auffangen des Regenwassers, das Gasthaus, der Geruch nach Schweinefleisch, die anderen Häuser, alle weiß, alle gleich, mit ihren gelb-roten Dächern, alle in einer Reihe. Da ist Petite Colbert, die auf ihrer Geige spielt, immer zu schnell, die Töne sind zwar sauber getroffen, doch das Tempo ist beunruhigend. Da ist Hester Prynne, die sich zur Schau stellt, auf dem Weg zur Kirche. Und da ist auch Edwin, an die Hauswand der Drogerie gelehnt, groß, blond, am ganzen Körper schlotternd, seit er aus Afrika zurück ist. Hin und wieder schreit er etwas und hält sich die Ohren zu. Er hört noch immer das Krachen der Geschosse, mit denen er im Kongo in der Nähe einer Goldmine ein ganzes Dorf niedergemäht hat. Da ist Monsieur Zoek mit seinem Schnauzbart und seiner unangenehmen Art. Und Doktor Shepper, der mit seiner Zeitung unterm Arm und seinem Monokel im Gesicht nachdenklich spazieren geht. Am Eingang der Kirche steht der Vikar. Mir ist, als hörte ich ihn jetzt noch: »Jeder Mensch, ob reich oder arm, ob stark oder schwach, kennt Augenblicke, in denen er das Gefühl hat, dass er nicht mehr weiterkann, dass sich alles gegen ihn verschworen hat, Augenblicke, in denen er sieht, wie das, was er aufgebaut hat, zusammenbricht. Wie stellt man es an, da nicht die Hoffnung zu verlieren?«

Ich spüre den Ärmel von Franks Flanellhemd unter meinen Fingern. Es hat Löcher. Auf der anderen Straßenseite sind einige Kinder. Barfuß. Sie zeigen auf meinen Verrückten und tuscheln. Sie lachen ihn aus, ziehen Grimassen. Ich sehe sie böse an, und sie senken den Blick. Ich stütze Frank, er hat eine Krücke und hinkt, trotzdem bemüht er sich, ein Bein vor das andere zu setzen. Es ist laut, doch das bemerkt er nicht. Im Hause ist es, als wäre er gar nicht da. Er wird weggesperrt, in den Keller der Vanheims. Nur ich gehe mit ihm hinaus, damit er ein wenig frische Luft schnappt, damit er wenigstens zur Novene geht. Sie stellen ihm einen Fressnapf vor die Tür wie einer Katze. Er kippt sich das Essen immer über die Kleidung. Er ist uns unheimlich. Seine Haut, auf der sich Tag für Tag neue Pusteln bilden, widert uns an, sein ganzer Körper ist schon übersät damit. Madame Vanheim tut so, als sähe sie es nicht. Die Kleinen ekeln sich. Und Monsieur Vanheim beschwert sich von Zeit zu Zeit: »Kein Mensch hat uns gesagt, dass er so ist. Man hätte uns wenigstens vorwarnen können!«

Frank ist verrückt. So wie meine Mutter verrückt war. So wie viele hier in Geel verrückt sind, mehr als in den Registern verzeichnet sind. Verrückte, die seit vielen, vielen Jahren hier sind, die mit den anderen zusammenleben, die niemandem etwas zuleide tun und die nur in den seltensten Fällen genesen.

Nur ich leiste Frank Gesellschaft. Ich sage mir, dass meine Mutter bestimmt den gleichen Eindruck gemacht hat wie er. Gewiss, sie hatte nicht diesen Ausschlag, diese schwarzen Pusteln, wie Fliegen, die ihn auffressen wollen und seine Arme befallen wie einen Kadaver, den sie aussaugen können. Vielleicht gab meine Mutter auch nicht so einen zischenden Laut von sich, wie ein sterbendes Tier, wie er aus Franks Mund dringt, wenn er müde ist. Vielleicht hielt sich die alte Ohneruh allein auf den Beinen, ohne zu stolpern. Trotzdem ist mir, wenn ich meinen Verrückten zur Kirche bringe, als stützte ich sie.

Ich setze Frank auf den Boden, streichle ihm über den Hals und lasse ihn dort sitzen. Ich beginne, an seiner Stelle zu beten, denn er kann das nicht, ich mische mich unter die anderen Kranken und umkreise im Prozessionszug den Altar der Heiligen. Viele klammern sich an mich. Anfangs habe ich Angst. Doch das vergeht, und so nehme ich sie bei der Hand. Ich kenne sie und fühle mich wie eine von ihnen. Ich bin anders als sie, Monsieur van Gogh, denn ich habe nicht diesen verlorenen Blick, mein Haar ist nicht wirr, beim Beten kichere ich nicht, beim Sprechen zische ich nicht, beim Singen schreie ich nicht, ich tanze nicht aus der Reihe und habe keine Brandmale auf dem Rücken und an den Händen. Andererseits bin ich auch wie sie, denn auch ich möchte manchmal ausbrechen, möchte herausschreien, dass es etwas gibt, was nicht richtig ist, dann schaue ich zum Altar und senke den Blick. Ich sehe all die Füße, die den Boden besudeln, ihn mit Blättern und Erde verschmutzen, und dann frage ich mich, ob das schon das Wunder ist, all diese Verrückten, die frei durch das Dorf gehen dürfen, die den Boden der Kirche beschmutzen und aus der Reihe tanzen dürfen, ohne dass jemand sie schlägt, oder ob es gar keine Wunder gibt und auch dies nur irgendein Käfig ist, »was der Schrecken aller Schrecken ist«, wie Sie es nannten, ein Gehege, in das wir die Menschen stecken, die uns stören, und die wir dann vergessen.

Manchmal schaue ich zur Holzdecke der Kirche hinauf und denke, gleich dahinter beginnt der Himmel, und ich denke weiter, dort ist meine Mutter und auch Gott, doch dann denke ich, dort ist keiner von beiden, und manchmal weiß ich nicht mehr, was es für einen Unterschied macht, ob sie da sind oder nicht.

Anfangs nahm ich das Veloziped, sobald sich eine Gelegenheit bot, und kehrte auf die Felder zurück, zu Icarus, zu Gaston, zu den Orten, die meine gewesen waren, um mich zu vergewissern, dass sie sich nicht verändert hatten.

Ich kehrte überallhin zurück, außer zur Kohlengrube.

Doch meine Besuche wurden bald seltener. Icarus hatte immer viel zu tun, nie hatte er Zeit für mich, und das Haus der Vanheims war groß, hell und gepflegter als das der De Goos'. Es gab dort Aquarelle von Monsieur Zoeks Schülern, einen großen Bücherschrank gleich neben dem Eingang und einen Flügel, an dem die Kinder Klavierstunden bei Petite Colbert nahmen.

Ich half im Haushalt, so wie die Verrückten in den anderen Familien, jeder arbeitete nach seinen Möglichkeiten, einer kümmerte sich um den Garten, der nächste machte Seife, wieder ein anderer stickte oder versetzte Wasser für die Gebärenden mit Quecke und Salz.

Ich kümmerte mich am liebsten um die Wäsche.

Jeden Morgen nach dem Frühstück ging ich in die Kammer im hinteren Teil des Hauses. Ich sehe noch den enormen Bottich mit warmem Wasser und die auf dem Boden aufgehäufte Schmutzwäsche vor mir. Tag für Tag rieb ich mit aller Kraft Monsieur Vanheims Hemdkragen, die Taschentücher von Madame und die Unterwäsche der Kinder. Vor allem ihre winzigen Strümpfe begeisterten mich. Ich stellte mir vor, dass auch ich irgendwann ein Kind haben würde und ich seine Füße dann in nur eine Hand nehmen könnte. Ich liebte es, dass die Dinge wieder sauber wurden. Ich hatte gelernt, Tintenflecke mit Zitronensaft und Salz zu entfernen und Stockflecke mit kochender Milch.

Niemand störte mich, und womöglich war das der eigentliche Grund, weshalb mir diese Arbeit so ans Herz gewachsen war: mein Bedürfnis, allein zu sein. Meine Höhle in den Feldern war weit, und so war diese Waschküche zu meinem täglichen Refugium geworden. Ich träumte von Icarus und der Zukunft, von meiner Zukunft. Sie roch gut, sauber.

Mein neues Leben gefiel mir.

Eine Zeit lang war ich in Geel in aller Munde. Ich war *berühmt*. Die Ereignisse in der Mine waren im Dorf zur Legende geworden. In den Wirtshäusern erzählten die Grubenarbeiter immer wieder aufs Neue, was in Osten geschehen war. Die Bauern fragten mich über die Einzelheiten der Explosion aus, und meine Geschichte verbreitete sich in den Gasthäusern und auf den Feldern, wobei sie immer mehr ausgeschmückt wurde.

Früher oder später hörte jeder von meinem Abenteuer und kannte nun meinen Namen, die Einwohner von Geel ebenso wie die der Nachbardörfer und sogar Fremde auf der Durchreise. Ich war noch ein Kind und fand es amüsant, so berühmt zu sein: »Teresa Ohneruh kann in die Zukunft sehen«, »Teresa Ohneruh hat allen in der Mine das Leben gerettet«, »Dieses Mädchen hat magische Kräfte«.

Es war vielleicht amüsant, doch leicht war es nicht, wie ich schon bald bemerken sollte.

Heute ist es für mich qualvoll, mich als etwas *Außergewöhnliches* zu fühlen, anders als die anderen zu sein. Doch damals war ich stolz darauf, es gefiel mir, im Mittelpunkt zu stehen. Ich antwortete stets, ich hätte etwas gesehen, ein Feuer, *bevor* das alles passierte.

Wenn ich im Dorf vorüberging, nahmen die Männer ihren Hut ab, die kleinen Mädchen machten einen Knicks, und alle bedrängten mich mit Fragen. Wird es schneien? Wird es eine Hungersnot geben? Wird mein Sohn aus dem Krieg zurückkehren? Werden wir Kinder haben? Gaston fragte mich, ob er jemals das Meer wiedersehen werde, und Shepper, ob der König ihm auf seinen Brief antworten werde. Madame Vanheim beschäftigte der Baumwollpreis und Vikar Torsten, wo er seine Brille gelassen hatte.

Ich wusste nicht, was ich sagen sollte.

Da ich auf all diese Fragen keine Antwort hatte und auch nicht sagte, wie reich man mit Kaffee werden konnte oder ob ein Mädchen schwanger war, waren sie es bald leid, mich um Auskunft zu bitten, da die Leute nun mal schnell die Lust verlieren. Vielleicht dachten sie ja auch, ich hätte ihnen helfen können und wollte die Zukunft nur für mich behalten. Und da die Leute genauso schnell vergessen wie sie die Lust verlieren, vergaßen sie die Ereignisse in der Mine rasch wieder und auch meine Prophezeiung. Und mich.

Alle, außer den Verrückten.

Auf ihre Fragen hatte ich immer eine Antwort parat.

War das kindliche Bosheit, Monsieur van Gogh? Wer von uns hat nicht schon mal einem Verrückten, einem Greis, einem Kind oder einem Betrunkenen einen Bären aufgebunden? Hat ihm zugehört und dann gesagt, dass er nicht die Bohne verstanden habe, oder hat das Gespräch einfach abgebrochen, weil er keine Lust mehr hatte? Ist das nicht eigentlich so, wie wenn man Ameisen quält, auf sie tritt und dann abwartet, ob sie das überleben; wenn man beobachtet, wie sie sich wieder aufrappeln, unsicher und hinkend, und dann erneut drauftritt und anschließend betrübt ist, weil man sie nun doch getötet hat? Ist es nicht so, dass wir zeit unseres Lebens immer jemanden suchen, der schwächer ist als wir, nur um ohne Konsequenzen boshaft sein zu können? Ist der Mensch schlecht? Bin ich schlecht?

Die Verrückten kamen nach der Novene zu mir. Sie umringten mich, und jeder drängelte, wollte der Erste sein. Sie fragten mich, was aus ihnen werden würde. Die vornehme Madame Russel war wegen ihres aufrührerischen Wesens entmündigt worden, obwohl doch der Arzt unter einer Decke steckte mit ihren Kindern, die vorzeitig an ihr Erbe herankommen wollten? Die Enkel würden sie rächen und ihrerseits die Eltern ins Irrenhaus stecken. Ernani sprang während des Mittagessens auf, um einem Ball aus Lumpen nachzulaufen? Eines Tages würden das alle tun. Der rasende Halois ertrug die Kette nicht länger, die er am Fuß hatte? In Wahrheit war diese Kette das Zeichen einer Königin aus einem fernen Land, die einstmals nach Geel kommen und ihn als ihren Sohn anerkennen würde.

Erinnern Sie sich an Geel, Monsieur van Gogh?

Das Dorf hat den Namen einer Farbe, auch wenn niemand weiß, weshalb: das gelbe Dorf. Es ist die Hauptstadt der Könige und Königinnen, in der es mehr Adlige gibt als in London oder Paris; in der man mit einer Leiter aus dem Haus geht, um zu den Sternen zu gelangen; in der man Gold gegen Brot eintauscht; in der die Kinder Männer an die Hand nehmen, um ihnen den Weg zu zeigen; in der die Glocken nicht läuten, um den Schlaf der Verrückten nicht zu stören, und in der Ludwig XIV. einen Boxkampf mit einem anderen Ludwig XIV. austrägt.

Kann das alles in Vergessenheit geraten?

Davor habe ich Angst.

Oft frage ich mich, warum ich Ihnen schreibe.

Manchmal überfällt mich diese Frage mitten in einem Satz, dann halte ich inne, lege die Feder weg und denke, dass es dumm von mir war, diesen Brief überhaupt zu beginnen. Vielleicht wissen Sie nicht einmal mehr, wer ich bin. Ich sollte den Brief zerreißen, so wie auch Sie es mit Ihren Briefen zuweilen getan haben. Doch dann sage ich mir wieder, nein, ich habe mich nicht in Ihnen getäuscht. Ich muss Ihnen schreiben. Denn ich habe die Hoffnung, dass Sie mir antworten. Weil Sie mich verstehen. Dessen bin ich mir sicher.

Ich muss mich erinnern, wer ich war.

Ich schenkte Geel Geschichten. Und wenn ich noch einmal das Mädchen von vor mehr als zehn Jahren sein möchte, das fünfzehnjährige Mädchen mit den schwarzen Haaren, wenn ich zurückkehren möchte, noch einmal von vorn beginnen möchte, dann muss ich auch all diese Geschichten noch einmal erzählen. Meine Geschichte. Vor allem meine.

Hat nicht jeder Mensch ein Recht auf seine Geschichte?

Es gibt nicht nur Könige und Königinnen, Primaballerinen und Zeitungsbesitzer, große Admiräle und Heeresführer. Wichtiger für die Welt sind die Sämänner, die Weber, die Grubenarbeiter, diejenigen, die die Stoppelfelder abbrennen, und die, die das Korn mahlen, die Arbeiter, die Prostituierten, die Frauen, die zwischen den Obsthecken umherschlendern, und die Zypressen, die im Abendrot erstrahlen. Sie alle sind es, die die Welt ausmachen. Durch sie wird sie wunderbar und auch ein wenig traurig.

Ich wuchs heran, war inzwischen fünfzehn Jahre alt geworden.

Männer und Frauen waren bei uns stets getrennt. In der Kirche, auf der Straße, in den Geschäften. Es schickte sich nicht, miteinander zu reden, doch diese Vorsichtsmaßnahme reichte nicht aus. Das Dorf war klein, es genügte, aus dem Haus zu gehen, um sich zu begegnen, sich flüchtig zu berühren, sich verschwörerische oder verlegene Blicke zuzuwerfen. Die Männer standen oft unter den Vordächern der Läden beieinander, wenn wir vorübergingen. Sie waren ein wenig unheimlich, so alle zusammen. Manche hatten gutmütige Augen, doch die meisten nicht. Sie pfiffen, luden uns aufs Feld ein und sagten, wir würden unseren Spaß mit ihnen haben. Manchmal ging eine mit ihnen mit, ich nicht. Auch Joëlle nicht.

Joëlle war meine beste Freundin. Wir waren nur ein Jahr in Geel zusammen, dann schickten ihre Eltern sie auf ein Internat in der Stadt. Pausbäckig und lustig war sie, Joëlle.

Und sie war es, die mich in die Geheimnisse der Frauen einweihte.

Sie riet mir, meine Wangen mit Rouge zu schminken, meine Fingernägel mit Seife zu bürsten und meine Haube zurückzuschieben, damit mein Haar zur Geltung kam. Sie zeigte mir, auf eine bestimmte Art zu gehen, den Rücken gerade zu halten und die Füße zusammen und »etwas Bein« zu zeigen. Sie zog mich mit meiner Schüchternheit auf und sagte, nur ein Mann könne sie mir abgewöhnen. Sie erklärte, ich solle »mir Mühe geben« – genau diese Worte verwendete sie –, wenn ich nicht mein Leben lang eine Dienstmagd der Vanheims bleiben wollte und dann der Kinder der Vanheims und dann der Kinder der Kinder der Vanheims. Sie fragte mich, ob wir uns zusammen ausziehen wollten, um zu sehen, wie wir gebaut sind, und unsere Körper zu vergleichen. Doch ich schämte mich, weil sie schöner war als ich, schon weiter entwickelt, und deshalb lief ich davon. Sie lachte nur. Wir mochten uns gern.

Joëlle war es auch, die mir erzählte, man sei erst dann eine Frau, wenn Blut aus der Öffnung käme, aus der auch die Kinder geboren werden, und erst wenn das Blut da sei, könnten auch Kinder kommen. Mich beunruhigte das sehr, ich wollte kein Blut an meinen Kindern, und ich begriff, dass es genau wie bei Icarus' Kühen, Schafen und Hündinnen war.

Eines Tages kam Joëlle zu mir gerannt und warf sich in meine Arme. Auch bei ihr war es gekommen, das Blut. Sie erzählte, dass sie sich erschrocken habe, es sei, als sage der Körper, dass er nicht ausschließlich dir gehört, dass du auch *ihm* gehörst, wie ein Kornfeld, auf dem es hin und wieder regnen muss und auf dem die Pflanzen wurzeln, wie sie wollen.

Aber bei mir kam es nicht.

Ich blieb schmächtig. Ich hatte kaum Busen, schmale Hüften und breite Schultern.

Und doch wurde auch ich allmählich eine Frau. Ich nahm meinen Körper anders wahr als früher. Plötzlich kam er mir vollkommen verändert vor, geradezu fremd. Meine Hände und Füße wuchsen, meine Stimme wurde tiefer, ich schwitzte, und ich bemerkte Dinge, in der Art, wie die Männer sich bewegten, Dinge, die mir früher nicht aufgefallen waren. Dieses Gefühl faszinierte und entsetzte mich zugleich.

Ich gefiel den Männern, das weiß ich sicher. Ich verstand nichts von ihren Vorlieben, doch bestimmte Blicke erkannte ich, sie konnten mich nicht täuschen. Und ich zeigte mich ihren Blicken gern. Ich hatte ein breites Gesicht und pechschwarzes Haar, ich war kräftig und mein Blick gewitzt. Wenn die Männer mich anstarrten, starrte ich zurück, bis sie den Blick senkten. Wenn einer meinem Blick aber standhielt und wir uns beide anstarrten, lächelte ich.

Und immer hoffte ich, dass ein Veloziped am Dorfeingang auftauchte und mich mitnahm.

Die Erinnerungen jagen sich, summieren sich, überlagern sich. Sie spielen mit mir. Machen sich über mich lustig. Sie werden klarer, strafen sich Lügen, widersprechen sich, und dann plötzlich werden sie bedrohlich. Sie erzählen haarklein alles, was nicht aus uns geworden ist. Und dann wieder trösten sie uns, nehmen etwas von dem Schmerz fort und vergessen mit uns. Sie geben uns recht.

Ich habe hier viel zu viel Zeit, mich zu erinnern.

Frank starb schnell.

Ich war es, die seinen Leichnam fand. Wieder so ein unauslöschliches Bild. Es war Nacht, und ich hörte ein Geräusch, einen harten Schlag. Ich schreckte aus dem Schlaf, riss die Augen auf, lief zur Treppe, stürzte nach unten, machte einen Heidenlärm und rief das ganze Haus zusammen.

Frank hing an einem Strick vom Deckenbalken.

Gleich am nächsten Morgen begaben sich Monsieur und Madame Vanheim zum Standesamt nach Antwerpen, um den Unfalltod von Franco Spina zu melden, dem *schwachsinnigen Epileptiker*, der am 18. Oktober 1877 nach Geel und in ihre Obhut gekommen war. Auch diesmal leitete niemand eine Untersuchung ein. Die Vanheims bekundeten ihre Bereitschaft, einen neuen Verrückten bei sich aufzunehmen, und da die Warteliste lang war, wies man ihnen sogleich einen zu.

Schon bald würde also ein neuer Gast kommen, und wie üblich sollte es ein Fest geben. In Geel werden die Gäste mit allen Ehren empfangen. Man holt die Sonntagskleider heraus, putzt das Besteck, geht die Lieder noch einmal durch und lädt Freunde ein. Denn es ist ein großer Tag für Geel, wenn ein neuer Verrückter kommt.

Ein Fest.

Mein erstes Fest.

Ich war sehr aufgeregt.

Den ganzen Nachmittag lang würde ich mein Haar bürsten. Ich würde meine Haube so aufsetzen, wie Joëlle es mir gezeigt hatte, und ich würde meine Wangen schminken. Ich wollte so schön sein, dass mich jemand bitten würde, mein Kavalier sein zu dürfen. Ich ahnte, dass etwas geschehen würde.

Und es geschah etwas, Monsieur van Gogh.

Es war ein rauschendes Fest.

Eine Menge Leute waren da. Gern würde ich mir von jedem zumindest eine Kleinigkeit ins Gedächtnis zurückrufen, die Art, wie er sich die Brille auf der Nase zurechtrückte, oder einen Satz, den er häufig wiederholte. Gern würde ich mich an alle erinnern. Doch das ist schwierig, es waren zu viele.

Fast das ganze Dorf war da.

So beginne ich mit den Gegenständen, das ist leichter. Sie stehen dicht beieinander: ein Kandelaber, ein Service mit weiß-goldenen Tellern, Silberbestecke, ein gelber Holztisch, Stühle, Servietten, eine große, rote Kerze, eine Vase mit Eibisch und Zinnien. Dann das Essen: Roggenbrot, Bohnen, Kartoffeln, Schweinefleisch und Eier. Dazu, wie immer, ausschließlich Bier. Kein Wein, kein Likör, kein Tabak, ganz wie es die Regeln in Geel zum Schutz seiner schwachen, besonderen Bewohner vorschreiben. Es war ein schöner Tag, die blasse Sonne vom Nebel verschleiert. In der Nähe der Gärten hatte man zwei Lagerfeuer entfacht, die bis zum nächsten Morgen brennen sollten. Die bläulichen Flammen züngelten zu den Pappeln empor, die kurz vor der Blüte standen. Fleischgeruch füllte die Lungen.

Der Verrückte, den wir erwarteten, war ein *Melancholiker* aus Brüssel, der dazu neigte, Fenster einzuschlagen. Auch er würde im Keller der Vanheims landen. Auch er würde zur heiligen Dymphna gehen und sie um Heilung bitten.

Man erwartete ihn mit der Mittagskutsche.

Doch zunächst kamen all die anderen. Doktor Shepper klopfte schon vormittags um elf an die Tür. Gaston erschien in Seemannsuniform. Dann kam Icarus, der mich lächelnd begrüßte. Als wir eine Weile geplaudert hatten, schickte mich Madame Vanheim in die Küche und sprach selbst mit ihm, in der Hoffnung, er würde um meine Hand bitten. Doch Icarus bat sie um gar nichts, seine einzige Sorge bestand darin, das Landgut zu retten, den Bauern ihren Lohn zu sichern und sich über Wasser zu halten. »Irgendwie werden wir es schon schaffen, doch die Zeiten sind wirklich hart.«

Langsam füllte sich das Haus. Überall saßen Leute, auf der Treppe, auf dem Fußboden und auf provisorischen Bänken aus Brettern. Lisbeth, die noch immer große, pralle Brüste hatte wie eine junge Frau, fragte mit einem Blick auf meinen Oberkörper: »Und wo sind denn deine?« Monsieur Zoek betrachtete die Familienporträts und verbeugte sich, als er mich sah: »Sie sehen bezaubernd aus, Mademoiselle Teresa«, worauf ich mit einem gezierten Knicks antwortete. Da war der große, dünne Edwin mit einem Glas in der

Hand, als wolle er es gegen alle verteidigen. Die Vanheims waren beeindruckend. In ihren teuren Samtkleidern aus der Stadt gingen sie Hand in Hand zwischen den Gästen umher. Auch Jen, Jos und Jan waren vornehm gekleidet, ganz in Blau und Weiß, man hatte sie fein gemacht und frisch gekämmt, doch Jen warf sofort mit einem rohen Ei nach Jos, und beide Kinder wurden in die Küche verbannt. An einem kleinen, mit rotem Leder bezogenen Tisch im Salon gewann Halois beim Kartenspiel gegen Ernani.

Um drei Uhr war die Kutsche immer noch nicht da und auch der Verrückte nicht, doch niemand nahm mehr Notiz davon. Bier und Heidelbeersaft flossen in Strömen, in den großen Kochtöpfen brodelte es, die Glut schimmerte rötlich, und die Teller wurden unentwegt gefüllt und geleert.

Der Vikar warf von Zeit zu Zeit einen Blick in die Runde. Wahrscheinlich ging ihm durch den Kopf, dass keinem Fremden die vielen Verrückten auffallen würden, die mit den anderen Domino spielten oder über Häuser und Grundstücke redeten, die sie nie besessen hatten, und über Städte und Länder, in denen sie nie gewesen waren.

Dann kam Hester Prynne, die Frau, deren Leben ein Buch komplett verändert hatte. Sie war in Begleitung von Monsieur Norrik, einem hochgewachsenen Mann mit behaarten Händen und Armen. Hester war wunderschön, sie trug eine leichte Tunika mit roten Fransen. Die Männer warteten schon auf sie. Monsieur, Sie können sie nicht vergessen haben. Ich bin fest davon überzeugt, dass Ihnen jetzt alles wieder einfällt. Oder etwa nicht? Ich meine die schöne Mulattin.

Sie war die Tochter eines Kaufmanns aus Ostende und einer jungen Inderin, die bei der Geburt gestorben war. Nach dem Tod seiner Frau schickte er seine Tochter ins Kloster, doch dort las sie den Roman *Der scharlachrote Buchstabe*, der im Umschlag eines Messbuchs hinter die Klostermauern gelangt war. Sie war vollkommen hingerissen von diesem Buch und wollte wissen, was es mit dieser Leidenschaft, mit diesem aufreibenden Sehnen auf sich hatte. Sie traf sich mit einem jungen Seminaristen und holte sich am Ende die Syphilis, und mit der Krankheit befiel sie auch dieses Liebesverlangen, dieses wundersame, beklemmende Begehren, das sie nicht stillen konnte. Sie war damals erst dreiundzwanzig, und die Krankheit hatte ihr den Verstand, nicht aber ihre Schönheit geraubt.

Das Fest nahm seinen Lauf.

Auf Monsieur Vanheims Zeichen stand Petite Colbert auf, versammelte ihren Chor der Verrückten um sich und stimmte ein paar Trinklieder an. Die Stimmung war gut, alle waren fröhlich. Das war typisch für dieses Dorf, Monsieur van Gogh. Und es ist wohl typisch für jedes Dorf. Es braucht nur eine Geige aufzuspielen, und schon tanzen alle.

Die Musik setzte ein, und kein Mensch dachte mehr an die Kutsche und an den Melancholiker aus Brüssel. Es war schon spät, draußen war es fast dunkel. Madame Russel war gekommen, behängt mit allem Schmuck, der ihr geblieben war, und auch der Bäcker war da, der Schornsteinfeger, Jack der Engländer, der in einem fort *Rule Britannia* sang, und der Lastenträger Aaron, mit der Bibel unterm Arm. Das Fest hatte auch Leute aus den Nachbardörfern angelockt. Aus Kivermoont waren Gina und Lola gekommen, zwei gelähmte Frauen, die von den Bauern auf den Armen getragen wurden. Aus Bell war Edvard der Unheilbare da und aus Schommeken Marius der Polterer.

Ich wollte tanzen, Aaron hatte mich aufgefordert, daher bat ich Madame Vanheim um Erlaubnis und stürzte mich ins Getümmel. Ich wollte einen Ehemann finden, wollte verstehen, was da in Hesters Augen glomm, diese Erregung, ich wollte eine Frau werden, jede Nacht vor dem Einschlafen betete ich darum, dass das Blut kommen und meine Brust wachsen möge. Die Musik wurde stürmischer. Ich schloss die Augen, dann suchte ich Icarus' Blick, jemand streifte mich, es war ein unerwartetes Gefühl, ein Schaudern, vielleicht war es Icarus, vielleicht Hester Prynne, und ausgerechnet diese beiden – Icarus und Hester – schmiegten sich nun aneinander. Die beiden so eng umschlungen zu sehen machte mich wütend, und so bewegte ich mich auf sie zu, sie schienen mich jedoch nicht zu bemerken, denn sie schauten sich unentwegt tief in die Augen. Ich beschleunigte meinen Tanz, drehte mich im Kreis und hüpfte, ich kam mir plump vor, doch ich hörte nicht auf, ich lachte, es war heiß, ich schwitzte, und ich wollte zu Icarus, damit er mit mir tanzte, damit ich ihn von Hester Prynne wegziehen konnte.

Und da, Monsieur van Gogh, sah ich Sie.

Vor dem Fenster stand ein Schatten. Die Scheiben waren beschlagen, man sah nur einen Fleck wie aus dunklem Rauch. Ich weiß nicht, ob Sie mich anschauten. Und ich weiß nicht, wie lange Sie bereits dort standen.

Sie spähten in das warme Haus, das so einladend wirkte, mit dem Essensduft, der durch die Fensterritzen drang, und mit der Musik, die Sie dorthin geführt hatte.

Ich drehte weitertanzend eine ganze Runde, dann nahm mich Aaron bei der Hand und lenkte mich zum Kamin auf der anderen Seite des Salons, da, wo auch Icarus war, doch ich steuerte dagegen, meine Finger lösten sich aus seinem Griff und wurden kalt, ich war *neugierig* geworden, doch nein, es war nicht bloß Neugier, ich war *angezogen* von diesem Gesicht, Ihrem Gesicht, von Anfang an spürte ich, dass da etwas war, ein Verlangen, eine Gefahr. Und so entwand ich mich Aarons Griff und blieb inmitten der anderen Tänzer stehen.

Ich schaute erneut zum Fenster. Dort war niemand mehr, nur noch der Widerschein einer Lampe auf der Scheibe und draußen ein undurchsichtiger Nebel.

Ich überlegte, ob Sie vielleicht ein Bauer waren, der sich verspätet hatte. Überzeugt davon, dass es gleich an der Tür klopfen würde, wartete ich darauf, dass Monsieur Vanheim öffnen ging und Ihr Gesicht wieder erschien, vielleicht würde ich Sie ja sogar erkennen. Doch nichts geschah.

Hatte ich mir das alles nur eingebildet? Verwirrt tat ich ein paar Tanzschritte.

Aber nein, das konnte nicht sein. Ich hatte Sie gesehen.

Vielleicht war dieser Passant ja nur ein Verrückter, ein unbedeutender Späher; wer weiß, wie viele schon vor ihm an diesem Abend vorbeigegangen waren, ohne dass ich es bemerkt hatte. Warum also beschäftigte er mich noch? Warum hatte ich das Gefühl, mir hätte jemand ein Geheimnis enthüllt? Warum dachte ich nicht mehr an Icarus?

Es war doch nichts geschehen.

Der Tanz wurde noch schneller, schwindelerregend, es war ein altes, belgisches Lied von einem Seemann, der einer Meerjungfrau begegnet, und Petite Colbert peitschte mit dem Bogen noch ungestümer über die Saiten. Die Leute klatschten in die Hände, klatschten auf die Knie und hakten sich gegenseitig unter, manche sangen mit, manche pfiffen, das Feuer prasselte, ich hätte glücklich sein müssen. Ich war kein kleines Mädchen mehr, ich tanzte mit den anderen, und ich sollte Hester Prynne die Stirn bieten und Icarus für mich gewinnen.

Doch es gelang mir nicht.

Ich fühlte mich umzingelt, spürte, dass Sie um das Haus herumgingen, spürte es wie das Schwirren einer Biene um eine Ranunkel, bevor sie sich auf ihr niederlässt. Es kam mir absurd vor, doch je mehr ich mich bemühte, diesen Gedanken zu verjagen, desto mehr bemächtigte er sich meiner wie ein wohliger Schauder. Ein Schauder, der von *innen* kam, aus dem *innersten Mark*, ein farbiger, ein rot-gelber Schauder, und er war stärker als mein Wunsch, Icarus anzuschauen, stärker als die Verbissenheit, mit der ich ihn Hester Prynne entreißen wollte, er war stärker als der Blick von Vikar Torsten, der mich lächelnd beobachtete, froh über alle Kerzen, die er angezündet hatte, um mich gesund aufwachsen zu sehen, er war stärker als die Angst, Madame Vanheim könnte mich im Visier haben und jeden meiner Tanzschritte kontrollieren.

Da war etwas Stärkeres, Monsieur van Gogh. Die Musik schien – aller Hingabe von Petite Colbert und der anderen zum Trotz – schwächer geworden zu sein, und alles wirkte blasser, wie wenn meine Mutter mir im Traum erschien, und ich spürte erneut, dass Sie da waren. Ich begriff, dass Sie noch immer da waren, dort draußen, ich witterte Sie, es war ein Duft, der ins Haus drang, ein Windhauch an den Ohren, ich spürte, dass Sie mich umkreisten, mich und nicht das Haus, Sie umfingen mich, zielten direkt auf meinen Körper, um ihn sich zu eigen zu machen, und dieses Gefühl kam nicht von der Müdigkeit oder vom Rausch des Tanzes und auch nicht vom Bier, das ich heimlich getrunken hatte. Meine Haut spannte wie an dem Tag in der Kohlengrube, und so tanzte ich weiter und näherte mich dabei dem Fenster, denn dorthin würden Sie zurückkehren, an die Stelle, wo ich Sie gesehen hatte.

Dessen war ich mir sicher.

Ich näherte mich rückwärts, langsam und so, als bemerkte ich Sie gar nicht, wie einem Tier, das man einfangen will. Ich war kaum noch zwei Meter vom Fenster entfernt und spürte die kalte Zugluft, die meinen Schweiß zu Eis erstarren ließ. Da drehte ich mich um und sah zum ersten Mal deutlich Ihr Gesicht, die blauen Augen, das orangerote Haar, die blasse Haut, die fahlen Wangen.

Nein, ich kannte Sie nicht.

Ich hatte Sie in Geel noch nie gesehen.

Ich sprach Sie nicht an.

Ich kam mir schlau vor, schlauer als Sie. Ich hatte Sie ertappt, aufgestöbert. Wahrscheinlich lächelte ich Ihnen zu, als wäre das nur ein Spiel, das ich erfunden hatte, der Augenblick, kurz bevor man einen Fisch zurück ins Meer wirft, der Augenblick, in dem man ihn am Angelhaken zucken sieht. Als Sie mich sahen, erschraken Sie, rührten sich jedoch nicht von der Stelle.

Wie Sie mich so anstarrten, verlor ich mich in Ihrem Blick, verlor ich meine Sicherheit. Obwohl viele Jahre ins Land gegangen sind, kann ich mich noch genau erinnern. Damals überkam mich eine Mischung aus Angst und Zärtlichkeit.

Da war etwas in Ihrem Blick.

Etwas, das ich nie vergessen habe.

Sie pressten die Hände an die Scheibe, als wären Sie eingesperrt. Groß waren sie. Und schmutzig. Ich weiß nicht, warum, ich weiß nicht, woher ich so viel Unverfrorenheit nahm, doch ich legte meine Finger auf dem Glas an Ihre, so wie ich es sonst nur mit Joëlle getan hatte und vielleicht als kleines Mädchen mit Icarus.

Dieser Kontakt währte nur einen kurzen Moment.

Dann wichen Sie zurück, ganz langsam, ohne den Blick von mir zu wenden. Irgendwann drehten Sie sich um und senkten den Kopf. Ihre Schritte versanken schwer im Gras, immer schneller, Ihre gelbe Öljacke blähte sich im Wind, Ihre zerlumpten Hosen tanzten um Ihre Beine. Der Wind hielt Sie bei mir, blies Sie zum Haus zurück.

Ich riss das Fenster auf und schrie: »Monsieur!«

Ein kalter Hauch fuhr in den Salon, und meine Stimme hatte sich so laut erhoben, dass viele sich nach mir umdrehten. »Teresa, was ist los?«, fragte Monsieur Vanheim, als er sah, wie ich die Allee hinabspähte. »Wen rufen Sie denn da?«

Ich hatte mich nicht gerührt. »Kommen Sie, Monsieur!« Sie blieben stehen und kehrten nach kurzem Zögern langsam zurück. Sie kamen nicht zu mir, Sie gingen zur Haustür. »Dort draußen ist ein Mann, Monsieur Vanheim«, sagte ich. »Ich glaube, er möchte herein.«

»Dann ist er also doch noch gekommen!«, johlte die beschwipste Madame Vanheim.

»Wer denn?«, fragte jemand.

»Der Verrückte, auf den wir schon seit Stunden warten«, antwortete sie und leerte einen weiteren Bierkrug in nur einem Zug.

Als Sie so am Eingang auf dem Ledersofa saßen, machten Sie wirklich keine gute Figur, Monsieur van Gogh. Ihre Schuhe waren ausgetreten, zerschlissen von einem langen Weg, Ihre Kleider abgewetzt, Ihr Blick verängstigt. Ihre Reisetasche lag auf dem Boden und schien leer zu sein, nicht mehr als ein Lumpen. Hungrig schlangen Sie Suppe und frisches Brot hinunter.

Alle drängten sich um Sie. Doktor Shepper rückte sein Monokel zurecht.

»Sind Sie unser neuer Verrückter?«, erkundigte sich Madame Vanheim und bahnte sich einen Weg an den anderen vorbei.

»Ich? Was reden Sie denn da? Ich verstehe kein Wort«, knurrten Sie, ohne Ihre Mahlzeit zu unterbrechen.

»Wollen Sie das vielleicht bestreiten?«, sagte sie, vielleicht eine Spur zu laut. Und an die anderen gewandt: »Das ist nicht weiter verwunderlich. Selbst Frank hätte das niemals zugegeben.«

»Dabei sind viele sogar stolz darauf und sich ihres Zustands durchaus bewusst«, schaltete sich Vikar Torsten ein.

»Ich bin nicht verrückt!«, sagten Sie nachdrücklich. »Sie haben kein Recht mich zu beleidigen, nur weil ich in so abgerissenem Zustand in Ihr Haus gekommen bin.«

»Es ist keine Beleidigung, wenn man sagt, dass Sie verrückt sind«, mischte sich nun Doktor Shepper ein. »Und selbst wenn Sie es wären, gäbe es da nichts, wofür Sie sich schämen müssten.«

»Genau«, stimmte Vikar Torsten zu.

»Haben Sie Wein?«, fragten Sie etwas verwirrt.

»Nein, wir trinken hier keinen Wein. Das ist verboten«, antwortete Torsten. »Die einzige erlaubte Ausnahme ist Bier!«

»Auch gut.« Wahrscheinlich fragten Sie sich, wo Sie da gelandet waren. Doch eigentlich waren Sie zu müde, um Fragen zu stellen, und hofften nur, man werde Sie nicht aus dem warmen Haus jagen.

»Wie heißen Sie?«, erkundigte sich der Vikar.

»Vincent.«

»Fragen Sie ihn, wieso er überhaupt hier ist, wenn er nicht der Verrückte ist, auf den wir warten«, warf Madame Vanheim ein. »Als könnte es jemanden in dieses Dorf verschlagen, ohne dass er absichtlich herkommt! Das hier ist ja nun wirklich kein Ort für die Sommerfrische!«

»Ich bin über die Felder gekommen ...«

»Über die Felder?«

»Ich habe Musik gehört, und von Weitem sah ich ein Fenster ...«

»Was habe ich euch gesagt, er ist es! Immerhin hat er es nicht gleich eingeschlagen ... Aber wieso hatte die Kutsche denn so viel Verspätung? Und normalerweise ist doch immer ein Pfleger dabei! Ich kann diese Pfleger wirklich nicht ausstehen! Umso besser, dass er allein ist!«

»Lass es gut sein, Emma, begreifst du denn nicht, dass er nicht aus Brüssel gekommen sein kann?«, unterbrach Monsieur Vanheim sie.

Ich schaute Sie an.

Ich stand ein Stück weg, hinter den anderen, und lugte schüchtern zwischen den Armen hindurch. Monsieur Vanheim hatte recht. Sie waren nicht unser Verrückter. Das sah man schon an Ihren Hosen und an dem wirren Haar. Sie kamen nicht aus dem Samt einer Kutsche, sondern aus dem Gestrüpp des Kempenlandes.

»Ich … ich …«, setzten Sie an, doch das Sprechen fiel Ihnen schwer. »Ich habe mich verirrt«, sagten Sie schließlich.

Ja, Sie hatten sich verirrt.

Mir war schnell klar, Monsieur van Gogh, dass Sie kein Landstreicher waren, sondern ein Pilger. Keiner, der vom Weg abgekommen war, sondern jemand, der, egal wo er sich befand, antwortete: »Ich habe mich verirrt.« Sie waren erschöpft. Nachdem man Ihnen einen Krug Bier gebracht hatte, ließ Ihre Erregung nach. Sie stürzten es hinunter, husteten und atmeten tief durch. Nach einigen weiteren Schlucken und einigen Bissen Brot kippten Sie um und schliefen ein.

Weder das laute Stimmengewirr noch die Musik konnten Ihren tiefen Schlaf stören.

Es zeigte sich bald, dass Sie wirklich nicht der Mann waren, auf den wir warteten, sondern ein zufällig hereingeschneiter Reisender. Gleichwohl nahm man Sie auf. Man gab Ihnen Franks Bett, das einzige, das noch frei war. Viele Leute blieben über Nacht im Haus der Vanheims, Freunde und Verwandte von auswärts. Doch Ihnen überließ man trotzdem eine Matratze, die Sie nach wer weiß wie vielen Nächten im Freien nur zu gern annahmen. Man fragte Sie nicht aus, erkundigte sich nicht, ob Sie ein Dieb seien oder ein Mörder, ein entflohener Sträfling oder ein Betrüger. Man hakte Sie unter, half Ihnen die Treppe hinunter und brachte Sie zu Bett.

Das ist Geels Gastfreundschaft. Sie waren in Schwierigkeiten, und das hat in unserem sonderbaren Dorf schon immer genügt, um einen Kochtopf aufs Feuer zu stellen. Ich bin mir sicher, dass dies der einzige Ort auf der Welt ist, wo das geschieht.

Langsam klang das Fest aus. Norrik zog Hester Prynne von Icarus weg, die alte Lisbeth gähnte, während Halois ihr noch etwas erzählte, Aaron verabschiedete sich von Vikar Torsten, nachdem sie über Hiob gestritten hatten, und das Ehepaar Vanheim zog sich zurück. Ich ging in mein Zimmer hinauf.

Jemand berichtete von einer kaputten Brücke am Fluss Nete in der Nähe von Antwerpen. Ein plötzlicher Einsturz hatte die Weiterfahrt der Kutsche verhindert. Die Brücke musste repariert werden, und das würde Zeit kosten.

Das Zimmer gehörte Ihnen.

Kurz vor sieben ging ich hinunter. Ich hatte nicht viel geschlafen. Die Aussicht, Sie kennenzulernen und mit Ihnen zu reden, wühlte mich auf. Ich hatte den Wunsch, mich einem ungepflegten und so wenig anziehenden Mann wie Ihnen zu nähern, Monsieur van Gogh, einem Mann, der sich am Vorabend kaum hatte auf den Beinen halten können. Merkwürdig, oder?

Als Madame Vanheim mich sah, trug sie mir auf, Ihnen Kaffee und warmes Brot zu bringen. »Sei leise, weck ihn nicht auf, wenn er schläft. Und sieh nach, ob er das Fenster eingeschlagen hat«, sagte sie ernst. Außerdem sollte ich Ihnen den Waschbottich unter dem Vordach auf der Rückseite des Hauses zeigen, wo sich, extra für Sie vorbereitet, hinter einem Paravent sauberes Wasser für ein Bad befand.

Ich klopfte an Ihre Tür. Keine Antwort, nur ein unterdrücktes Stöhnen und das Poltern von etwas, das über den Boden rollte. Wahrscheinlich hatten Sie einen Alptraum.

»Monsieur!«, sagte ich und trat ein.

Sie erwachten sofort und setzten sich auf, in den Kleidern vom Abend zuvor. Im Zimmer stank es fürchterlich. Als Sie mich erblickten, rissen Sie die Augen auf. »Wer bist du? Wie heißt du?«

»Teresa Ohneruh.«

»Was ist denn das für ein Name?«

»Meiner.«

»Bist du die Tochter von Madame?«

»Nein, Monsieur. Ich bin Waise.«

»Dann bist du das Dienstmädchen hier?«

»Eigentlich nicht, Monsieur.«

»Da hast du Glück gehabt«, sagten Sie und fügten hinzu, auch Sie hätten eine Familie, »aber die ist mir schnurzegal.«

»Ich bin es, Monsieur. Als Sie gestern Abend herkamen …«

»Gibt es zum Brot nichts dazu?«, fuhren Sie dazwischen.

Sie gefielen mir nicht mehr.

»Unter dem Vordach steht ein Waschbottich mit Wasser für Sie bereit«, sagte ich und ging. Pikiert. Ich fühlte mich verspottet.

Ich zog mich in die Waschküche zurück, Monsieur van Gogh. Ihre großspurigen Bemerkungen hatten mich verärgert, diese wenigen, mit einer leicht schrillen, fast schon weiblichen Stimme gesprochenen Worte. Doch ich wunderte mich über meine Reaktion. Was hatte ich denn erwartet? Sie waren doch im Grunde nichts weiter als ein Vagabund. Trotzdem stellte ich mich ans Fenster, als Sie zu Ihrem Bad gingen, als Sie Ihre Kleider, die dringend einer Auffrischung bedurften, ablegten und sie dann wieder anzogen. Sie bemerkten mich nicht, obwohl ich nur wenige Schritte von Ihnen entfernt stand. Sie waren nicht besonders groß, doch Ihr Oberkörper war kräftig und robust. Hängende Schultern, eine sehr helle Haut mit Sommersprossen, so hell, dass sie keine Sonne verträgt und sofort verbrennt, und starke Hände. Sie kamen wieder ins Haus und riefen: »Ist denn hier niemand?« Ich rührte mich nicht, denn ich war viel zu verstimmt, um sofort zu Ihnen zu eilen, und wartete, ob jemand anderes käme. Sie riefen immer weiter, mit wachsendem Nachdruck.

Schließlich erschien Madame Vanheim: »Guten Morgen, Vincent. Bitte mäßigen Sie doch Ihre Lautstärke. Wie fühlen Sie sich heute? Haben Sie sich erholt?«

»Ich hatte Magenbeschwerden.«

»Brauchen Sie etwas?«

»Ist noch Hühnchen da?«

»Wir lassen es Ihnen bringen, sicherlich ist noch etwas übrig. Doch vorher würde Monsieur Vanheim Sie gern sprechen.«

»Und wer ist dieser Vanheim?«

»Der Herr des Hauses, Monsieur! Folgen Sie mir in den Salon.«

Ich verließ mein Versteck, langsam, damit der Fußboden nicht knarrte, und folgte Ihnen. Meine Neugier war einfach zu groß, und so lauschte ich an der Tür.

»Haben Sie gut geschlafen?« Das war Monsieur Vanheim.

»Meine Zähne machen mir zu schaffen, Monsieur, doch die Matratze war bequem. Auch wenn die Kälte heute wie eine Pflugschar schneidet!« Sie lachten schallend und klopften mit Ihren Armen weit ausholend Ihre Schultern, um sich zu wärmen.

»Verstehen Sie uns recht, Monsieur, wir freuen uns sehr, Sie zu Gast zu haben, doch wir wüssten gern, wer Sie sind.«

»Ich habe Ihnen doch schon gesagt, wie ich heiße.«

»Vincent, wenn ich mich nicht irre. Doch wir würden gern auch den Namen Ihrer Familie erfahren.«

»Über die will ich nicht reden.«

»Hätten Sie bitte die Güte, mir zu antworten, Sie werden verstehen, dass ...«

»Van Gogh.«

»Van Gogh ... Van Gogh ...«, wiederholte Monsieur Vanheim grüblerisch.

»Kennen Sie einen meiner Onkel? Er ist Reeder. Oder den anderen, der mehrere Auktionshäuser besitzt? Steinreiche Leute. Ich gehöre allerdings zum armen Zweig der Familie«, sagten Sie kichernd.

»Van Gogh ... der Name kommt mir bekannt vor.«

»Und was machen Sie hier?«, erkundigte sich Madame Vanheim.

»Ich bin zufällig vorbeigekommen.«

»Wo wollten Sie denn hin?«

»Nach Zundert.« Sie hielten inne. »Glaube ich. Dort wohnen meine Eltern. Mein Bruder ist auch dort, jetzt gerade.«

»Was meinen Sie mit ›Sie glauben‹?«

Behutsam öffnete ich die Tür einen Spalt und sah, dass Sie den Blick zum Himmel hoben: »Du lieber Gott, manche Reisen beginnt man eben und fertig! Man hat nicht den Mut, sie zu Ende zu bringen. Ist Ihnen das noch nie passiert?«

»Was?«

»An einen Ort zu kommen, um etwas Bestimmtes zu tun, und es dann, im allerletzten Moment, doch nicht zu tun und unverrichteter Dinge zurückzukehren.«

»Mir? ... Nein.«

»Nur dieses eine Mal vor dem Juweliergeschäft«, sagte Madame Vanheim lächelnd. »Die Ohrringe waren zu hübsch!«

»Mir schon«, redeten Sie hitzig weiter. »Ich war in Courrières, um einen Maler kennenzulernen, einen Freund meines Bruders, ich hatte viele Fragen an ihn, aber dann, vor seinem Haus, blieb ich stehen, es war so, so ...«

»Sind Sie auch Maler?«

»Nein, aber ich liebe Bilder.«

»Und welchen Beruf haben Sie?«

»Prediger«, sagten Sie unsicher.

Jedenfalls waren die Vanheims nach diesen Worten beruhigt, denn Sie drückten sich korrekt aus, wenn auch nicht gerade besonnen. Man merkte Ihnen an, dass Sie aus ordentlichen Verhältnissen kamen und gebildet waren, und die Vanheims spürten, dass von Ihnen keine Gefahr ausging.

»Wo predigen Sie?«

»Im Borinage.«

»Diese Gegend kenne ich. Dort habe ich auch schon gearbeitet. Für einige Bergwerksgesellschaften.«

»Dort gibt es auch nichts anderes. Das Leben findet unter Tage statt.«

»Wollen Sie heute noch weiter? Falls Sie noch nicht wieder bei Kräften sind und Ihr Magen Sie noch quält, können Sie auch noch einige Tage bei uns bleiben«, schaltete sich Madame Vanheim ein.

»Jedenfalls so lange, bis unser Verrückter kommt«, sagte ihr Ehemann.

»Es wird eine Weile dauern, bis die Brücke repariert ist. Mach dir deswegen keine Gedanken, mein Lieber. Es sei denn, der Verrückte ist schon da, natürlich«, korrigierte sie sich immer noch etwas im Zweifel.

»Und Doktor Tarascon?«, erinnerte sich Monsieur Vanheim.

Seiner Frau riss der Geduldsfaden. »Tarascon, Tarascon, ständig dieser Tarascon! Du machst dir zu viele Sorgen, er ist ja schließlich kein König. Außerdem quartieren wir Tarascon neben Teresa ein. Oder willst du ihn etwa in der Kammer unter der Treppe unterbringen? Nichts für ungut, Monsieur van Gogh. Er kommt doch ohnehin erst in ein paar Tagen.«

»Er ist eine Koryphäe auf dem Gebiet der Medizin, meine Liebe, und wir …«

»Und wir kommen auch ganz gut ohne ihn zurecht!«

»Ich habe nichts, was ich Ihnen geben könnte«, redeten Sie dazwischen. »Ich besitze keinen roten Heller.«

»Zerbrechen Sie sich darüber mal nicht den Kopf, Vincent. Niemand würde irgendetwas von Ihnen verlangen.«

»Doch wenn Sie möchten …«, sagten Sie und zogen einige zusammengerollte Blätter aus Ihrer Tasche, »könnte ich Ihnen die hier schenken, falls sie Ihnen gefallen. Für Ihre Gastfreundschaft. Ich habe noch viel mehr davon.«

Sie rollten die Blätter aus und zeigten den beiden eines davon. Es war eine Zeichnung, eine wer weiß wo angefertigte Skizze. »Es ist nur ein Zeitvertreib, keine große Sache, doch wenn Sie es annehmen wollen …« Die Vanheims schienen nicht gerade begeistert von diesem schäbigen Stück Papier zu sein. Ihr Blick nahm einen sonderbaren Ausdruck an, und Madame Vanheim versicherte Ihnen mit größtmöglicher Diplomatie: »Nein, danke, keine Sorge. Wir verlangen nichts für das wenige, das wir Ihnen bieten.«

»Wenn es Ihnen recht ist, können Sie sich jetzt gern weiter ausruhen«, sagte Monsieur Vanheim und beendete das Gespräch.

Sie bedankten sich und gingen Richtung Tür. Mir schien, als schimmerte in Ihren Augen eine gewisse Zufriedenheit. Sie hatten Ihr Ziel erreicht: ein paar Tage Ruhe, ohne etwas zahlen zu müssen, bevor Sie Ihre Reise ins Ungewisse fortsetzten.

»Teresa!« Herrisch hallte Ihre Stimme durch das Treppenhaus, und Ihr Kopf erschien über dem Geländer. »Ist noch Hühnchen da?«

Ich wollte gerade ausgehen, um Besorgungen zu machen, und war nicht darauf gefasst, Ihnen so plötzlich gegenüberzustehen. »Da müssen Sie in der Küche nachfragen, Monsieur. Ich weiß es nicht.«

»Und Oliven? Ich liebe Oliven.«

»Ja, vielleicht. Aber Oliven sind sehr teuer.«

»Papier?«

»Ich habe keine Ahnung, Monsieur.«

»Könnten Sie mir nicht welches besorgen?«

»Ich ...«

Was war es, was Sie so unausstehlich machte? Vielleicht Ihr Ton, der Ton eines Menschen, der sich das Recht herausnimmt, im Haus reicher Leute alle möglichen Forderungen zu stellen. Oder vielleicht das Ausrufungszeichen, das Sie hinter meinen Namen setzten und das ihn zum Anfang eines Befehls werden ließ.

Mit jener Nacht aber wurde alles anders: als ich beschloss, Sie heimlich zu beobachten. Spontan, ohne weiter darüber nachzudenken, zündete ich eine Kerze an und huschte die Treppe hinunter.

Ich war mir sicher, dass Sie nicht schliefen, und als ich zu Ihrem Zimmer kam, bestätigte sich diese Vermutung. Aus der angelehnten Tür drang ein schmaler Streifen Licht und dazu ein kratzendes Geräusch. Ich drückte die Tür nach und nach weiter auf, bis ich Sie sehen konnte. Sie waren vollkommen in Ihr Tun vertieft, kein Kanonendonner hätte Sie wohl abgelenkt. Heute gestehe ich Ihnen, dass ich Sie mehr als eine Stunde lang beobachtete. Sie saßen über ein Blatt Papier gebeugt, mit einem Bleistiftstummel in der Hand. Ich konnte den Blick nicht von Ihren Augen wenden, die konzentriert auf Ihre Sätze gerichtet waren. Skeptische und begeisterte Augen, erstaunt und nachdenklich. Manchmal glichen Sie einem Schiff, das vom Pier ablegt, Sie schrieben viele Sätze hintereinander, unaufhaltsam, doch dann hielten Sie inne und begannen, mit den Silben zu geizen, als wäre jede einzelne höchst kostbar. Oder jede einzelne falsch. Sie strichen halbe Seiten durch, zerrissen ein ganzes Blatt, standen auf wie nach getaner Arbeit, doch dann trieb Sie etwas wieder zum Tisch, und Sie begannen erneut.

Sie fuhren mit dem Stift auf und ab, doch es gab kein Wort, das auf diese Weise ein Blatt füllen konnte, das solchen Linien folgen konnte, es gibt einfach keinen Satz, den man so groß schreibt. Dann leuchtete Ihr Blick wieder auf, dieser Blick vom Vortag, draußen am Fenster, dieser Blick, der mir so gefiel, er ähnelte dem der Grubenarbeiter, die bei Sonnenuntergang nach Hause gehen, dem der Sämänner, wenn ein Unwetter aufzieht, dem meiner Mutter, bevor sie mich gebar, dem von Joëlle an dem Tag, als sie zur Frau wurde. All diese Blicke vereinten Sie in sich, und auch meinen.

Da verstand ich.

Und ich glaube noch immer, dass dies der Tag war, an dem ich mich in Sie verliebte.

Sehen Sie, auch ich habe einen Radiergummi, und auch er hat viele Worte ausgelöscht, die ich eilig niedergeschrieben hatte. Wenn ich sie nochmals durchlese, scheinen sie mir zwar manchmal die richtigen zu sein, doch dann klingen sie plötzlich undeutlich, ungenau. Sie drücken *beinahe* das aus, was ich fühle, sie *grenzen* an das, was ich sagen möchte, *mehr oder weniger*, doch eben nicht genau. Zuweilen geschehen uns Dinge, die zu groß sind, die nicht in die Wörter passen und deshalb nach allen Seiten überfließen wie eine Quelle, die sich in einen bereits vollen Eimer ergießt. Vielleicht werde ich irgendwann wieder von vorn beginnen, ebenfalls alles zerreißen oder meinen Brief Wort für Wort vernichten, unerbittlich, ergeben und böse, damit jeder einzelne Satz mich verletzt, mir eine Wunde zufügt.

Doch jetzt konzentriert sich mein Radiergummi lediglich auf ein Wort. Nur eine kleine Bewegung und alles sähe anders aus, Monsieur van Gogh. Ich müsste nur ein einziges Wort tilgen. *Verliebt*. Dieses Wort wiegt schwer, finden Sie nicht? Ich habe es Ihnen gegenüber nie gebraucht, und auch heute habe ich nicht die Kraft, es einfach so zu sagen, ich versuche, es zu erklären, es zu deuten, um es kleiner zu machen, ihm sein Gewicht zu nehmen, denn es erschreckt mich. Nach so vielen Jahren, nach allem, was geschah, ist dieses Wort noch immer mit Zweifeln behaftet. Vielleicht ist nun alles anders. Damals war es vielleicht fraglich, ob ich mich in Sie verliebt hatte. Heute frage ich mich nur, ob Sie mich als die lieben könnten, die ich bin.

Und wenn es nun doch geschehen wäre? Von Zeit zu Zeit taucht diese Frage wieder auf. *Was* wäre denn überhaupt geschehen? Was bedeutet es, sich zu lieben? Wie hätte sich das Leben verändert? Ich habe ein großes Verlangen nach Ihnen und weiß nicht einmal, was für ein Verlangen das ist, ob alle Frauen es haben oder nur ich, ob es nur meine

Art ist, zu begehren. Sie zu begehren. Ich möchte so vieles wissen, was ich wohl nie wissen werde. Ich wünschte mir von so vielen Dingen, sie wären geschehen, die nie geschehen werden. Ich wünschte, dieses Feuer, das mich noch immer erstaunt, dieses Feuer, so orangerot wie Ihr Haar, hätte meine Arme wirklich umzüngelt, hätte mir wirklich den Atem genommen, hätte dieses Sehnen verschlungen, das mich noch immer verbrennt. Und ich habe Angst. Die Erinnerungen an Sie scheinen mir zerbrechlich zu sein, ich habe Angst, sie könnten zerspringen, ich fürchte, dass ich diese ganze Leidenschaft nicht darauf stützen kann, diesen Sturm, den ich suche und nicht kenne, den ich suche, obwohl ich bereits in ihm bin, dieses Verlangen, in dem ich herumtappe. Ich habe Angst, dass dies alles einseitig ist, ohne Sie, dass ich Sie liebe und Sie zugleich allmählich vergesse, dass ich in meiner Liebe zu Ihnen allein bleibe. Es wäre schön gewesen, wenn wir uns geliebt hätten. Was hätte ich dann kennengelernt? Und was hätte mir mehr gefallen, zu lieben oder von Ihnen geliebt zu werden? Und hätten Sie mich betrogen? Was für eine Frau wäre ich wohl heute?

Am nächsten Tag war ich schon vor Ihnen wach.

Ich hatte die ganze Nacht kaum geschlafen. Beim ersten Hahnenschrei sprang ich auf. Ich musste unter allen Umständen herausbekommen, was auf jenen Seiten stand. Ich befürchtete, Sie könnten sie wegwerfen oder mitnehmen oder zur Post bringen. Ich brannte vor Neugierde. Zwar war mir bewusst, dass mein Verhalten ungehörig war, dass ich Ihnen nicht nachschnüffeln durfte, doch meine Neugier war stärker.

Ich ging also in den Salon hinunter und wartete endlose Minuten auf ein Geräusch aus dem Keller, bis ich Ihre Tür quietschen hörte. Um mir den Anschein von Geschäftigkeit zu geben, staubte ich das Klavier ab. Mit schwerem Schritt kamen Sie die Treppe herauf und gingen dicht an mir vorbei: »Ich will ein wenig frische Luft schnappen, Teresa.«

»Ich sage Madame Bescheid, seien Sie unbesorgt.«

Verstohlen schaute ich aus dem Fenster, und sobald Sie weit genug entfernt waren, ließ ich das Staubtuch fallen und hastete nach unten. Ich schaute zuerst auf dem Schreibtisch nach, doch der war fast leer. Dort lag nur ein Buch, in dem es um Grubenarbeiter ging, von jenem Zola geschrieben, von dem mir Icarus erzählt hatte. Ich suchte auf dem Stuhl, in den Schubkästen, auf dem Boden. Nichts.

Ich hatte fast schon den Mut verloren, als ich das Kissen aufschüttelte und dabei auf dem Laken zerrissene und zusammengeknüllte Seiten entdeckte, Seiten, auf denen Sie geschlafen hatten. Im Handumdrehen setzte ich sie zusammen, ständig in der Angst, jemand könnte hereinkommen.

Ich überflog sie in aller Eile. Ich konnte sie ja nicht mitnehmen.

In Ihrem Brief stand ungefähr Folgendes:

Lieber Theo,

mit einigem Widerstreben schreibe ich Dir, denn ich habe es so lange nicht getan, und zwar aus mancherlei Gründen. Bis zu einem gewissen Grade bist Du mir ein Fremder geworden, und auch ich bin es Dir vielleicht mehr, als Du denkst. Wie geht es mit der Galerie? Wie geht es Pa? Hält er immer noch seine langweiligen Predigten? Und Ma? Ich will Dir ein wenig von mir schreiben.

Vor einiger Zeit war ich in Cuesmes, in Südbelgien. Es war Nacht. Ich konnte nicht schlafen, also verließ ich mein Strohlager. Es waren noch einige Stunden bis Sonnenaufgang, doch ich war nicht mehr müde. Du weißt ja, dass ich nachts oft wach bin. Da wollte ich einen Spaziergang machen, zog mir die Schuhe an und brach auf. Zunächst ging ich um die Große Kirche herum, dann um die Neue Kirche und dann am Deich entlang, wo alle die Mühlen stehen. Stell Dir vor, Du wanderst schon morgens um fünf Uhr durch den Weizen! Ich war nicht müde und setzte deshalb meine Wanderung auch nach Tagesanbruch fort. Nach Petit Cuesmes, Mons und noch weiter. Eigentlich habe ich noch immer nicht aufgehört, bin ich noch immer unterwegs! Ich frage mich, was wohl Monsieur Zandmennik dazu sagen mag, der mir eine Unterkunft gegeben hat. Doch da er weiß, dass ich so bin, exzentrisch und unbequem, wird mein Verhalten ihn nicht wundern, so wie er sich auch nicht wunderte, als ich meine Matratze verkaufte, um auf dem Boden zu schlafen wie die Grubenarbeiter, um so zu sein wie sie. Er wird froh sein, dass er mich los ist!

Es ist schön, stundenlang zu wandern. Man hat das Gefühl, dass es nichts gibt außer dieser unendlichen Erde – diesem Schimmelbelag, als der der Weizen und die Heide erscheinen – und diesem unendlichen Himmel. Die Pferde und die Menschen sind ameisenklein. Es gibt nur die Erde und den Himmel. Man nimmt so gut wie nichts anderes wahr. Ich glaube, mein lieber Bruder, es gibt Momente im Leben, in denen wir der Natur gegenüber taub sind, oder in denen die Natur nicht mehr zu uns zu sprechen scheint. Doch es gibt auch Momente, in denen wir uns mit ihr verstehen, dann kommt es uns so vor, als hätte sie gerade uns etwas zu sagen. So erging es mir in den letzten Tagen. Ich werde nachher versuchen, Dir mit einer Skizze einen Eindruck zu vermitteln.

Ich habe die Landschaft von Courrières gesehen, die braune Erde, den beinah kaffeebraunen Mergelboden. Der Himmel war zuweilen klar, zuweilen verräuchert und neblig. Ich wanderte ohne Pause, denn Dörfer sind dort selten und liegen weit auseinander. Obwohl diese Etappe mich bis zum Äußersten angestrengt hat und ich vor Müdigkeit völlig erschöpft, mit wunden Füßen und in einem mehr oder weniger trübseligen Zustand war, bedaure ich nichts, denn ich habe interessante Dinge gesehen. Unterwegs habe ich hie und da ein paar Stücke Brot erworben, im Tausch gegen meine Zeichnungen, die ich in meiner Reisetasche hatte. Sie gefallen zwar niemandem, doch es gibt noch mildtätige Menschen.

Als ich mit meinen zehn Francs am Ende war, musste ich die letzten Nächte im Freien schlafen, einmal in einem verlassenen Wagen, der am Morgen ganz weiß von Reif war, ein andermal in einem Reisighaufen, und einmal – das war ein bisschen besser –

in einem Heuschober, wo ich mir ein Lager bereiten konnte, aber ein feiner Regen trug nicht gerade zum Wohlbefinden bei.

Jetzt bin ich zum Glück auf gastfreundliche Leute gestoßen. Ich weiß, was Du denkst, Theo. Seit fast fünf Jahren, vielleicht sogar mehr, habe ich nun kein Zuhause mehr, ich bin ein Vagabund. Es ist wahr, dass ich mir manchmal mein Stückchen Brot selbst verdient habe, und dass ein andermal irgendein Freund mir welches gegeben hat, und ich habe mich durchgeschlagen, wie es eben ging, schlecht und recht. Es ist wahr, dass manche kein Vertrauen mehr zu mir haben, es ist wahr, dass meine Geldangelegenheiten in einem traurigen Zustand sind, und es ist wahr, dass meine Zukunft nicht wenig düster ist ... Aber ist das gleichbedeutend mit Nichtstun? Sich gehen lassen und weiter nichts? Meinst Du denn, dass ich nicht auch ein Nest bauen und eine Frau haben möchte, ich, der ich nie eine hatte? Dass ich nicht manchmal an Ursula denke und an Kee? Weißt Du, oft bin ich grässlich und auf ärgerliche Art melancholisch, reizbar, sehne mich nach Mitgefühl wie ein Verdurstender nach Wasser, und wenn ich dieses Mitgefühl nicht finde, gebe ich mich gleichgültig und scharf. Die Unsicherheit meiner Situation ist mir klar. Doch es gibt Nichtstuer und Nichtstuer, von denen der eine das Gegenteil des anderen ist. Es gibt den Nichtstuer aus Faulheit und Charakterschwäche, aus niedriger Veranlagung – Du kannst, wenn Du meinst, mich für so einen halten. Dann gibt es aber auch noch den anderen Nichtstuer, den Nichtstuer wider Willen, der innerlich von einem heftigen Wunsch nach Tätigkeit verzehrt wird, der nichts tut, weil er nichts tun kann, weil er wie in einem Gefängnis sitzt, weil er nicht hat, was er braucht, um produktiv zu sein, weil es sein Missgeschick so gefügt hat, dass es mit ihm so weit gekommen ist. Nun, ich bin einer von diesen. Wie sehr wünsche ich mir, dass dies für mich eine Art Mauser sei, die Zeit, in der die Vögel ihr Gefieder wechseln, eine Zeit des Missgeschicks und des Unglücks für uns Menschen. Man kann in dieser Mauserzeit verharren, doch man kann auch wie neugeboren daraus hervorgehen. Jedenfalls verbringt man diese Zeit nicht in der Öffentlichkeit, es ist durchaus kein Spaß, da ist kein Glück, und deshalb tut man besser daran zu verschwinden. Deshalb bin ich verschwunden.

Vielleicht erinnern Sie sich nicht einmal mehr an diese Worte, Ihre Worte. Ich schon. Ich kenne sie auswendig. Sie waren für Ihren Bruder bestimmt, doch sie blieben bei mir. Sie wurden meine.

Mir war, als sprächen Sie zu mir, auf jeden Fall jedoch: von mir.

Doch hinter den Wörtern war noch etwas anderes.

Sie, Monsieur van Gogh, waren etwas anderes.

Eine große Eiche, tiefschwarz, mit dickem Stamm und dichtem Astwerk, mit dem Bleistift vor- und nachgezeichnet, ohne Laub, und dahinter ein schiefes Haus, mit geschlossener Tür, hinter die kahlen Zweige gesetzt, das etwas rundliche Dach himmelwärts gebogen wie die Spitze eines Holzschuhs. Dann ein Kieselweg, ein schmaler Pfad, der zu einem Hügel führt, sich dann jedoch verliert. Und eine Gestalt, undeutlich, gebeugt, blaugrau, von hinten gesehen, in Männerkleidern, den Hut auf die Ohren gedrückt. Ein Wanderer, man sieht, dass er langsam geht. Ich weiß genau, dass er es nicht eilig hat. Vielleicht liegt es an der kaum angedeuteten Bewegung des Beins, es ist ein kurzer Schritt.

Waren Sie das?

Ich meine nicht nur den Wanderer, sondern auch die kahle Eiche, auch das verlassene Haus, auch den Weg ohne Ziel.

Ich staunte.

Nie zuvor hatte ich so etwas gesehen, solche groben, ungenauen Striche. Sie waren schlecht ausgeführt. Doch ich spürte, dass sie mich etwas angingen, dass sie mit mir zu tun hatten. So ein Gefühl hatte ich sonst nur, wenn ich den Sonnenaufgang betrachtete oder dem Regen zuhörte, wenn ich einen Schmetterling auf dem Finger hielt oder sah, wie ein Kälbchen geboren wurde. Sie waren ungeschlacht, diese Zeichnungen, sie waren *hässlich*, doch die Dinge darauf waren so, wie sie wirklich sind. Im Grunde ist es stets die Hässlichkeit, durch die die Welt gerettet wird, und genau das kann man in Geel lernen.

Da erkannte ich Sie, Monsieur van Gogh.

Doch ich erkannte auch, dass Ihnen noch etwas fehlte, um Maler zu werden.

»Wollen Sie die Geschichte von Geel denn nicht hören?«

»Nein, Teresa, die interessiert mich nicht«, antworteten Sie.

Den ganzen Morgen hatte ich darüber nachgedacht, welche Frage ich Ihnen stellen könnte, um mit Ihnen ins Gespräch zu kommen, und *wie* ich sie Ihnen stellen sollte, damit Sie nicht merkten, dass ich sie mir zurechtgelegt hatte. Ich hatte Parfüm aufgetragen und versucht, mich mit dem wenigen, das mir zur Verfügung stand, schön zu machen, hatte sogar Puder von einem Dienstmädchen gestohlen. Das alles nur, um Sie zu beeindrucken. Ich hatte ein blaues Kleid mit einem großen, weißen Spitzenkragen angezogen. Hatte meine Holzschuhe geputzt und meine Haube ein Dutzend Mal zurechtgerückt. Ich fühlte mich hässlich.

Es war fast Mittag. Die Sonne glühte dunkelorange. Wir saßen auf zwei Korbstühlen am Straßenrand und betrachteten die Passanten, die Verrückten, die zur Novene gingen, jeder von seinem Betreuer unterstützt. Die vielen Menschen machten Ihnen Angst. Sie strömten zur Kirche wie eine Flutwelle.

»Wie viele sind das denn?«

»Ich glaube ungefähr tausend.«

»Und Einwohner?«

»Höchstens dreitausend«, sagte ich und fügte hinzu: »Die Hälfte von Geels Einwohnerschaft ist vollkommen verrückt … Ganz Geel ist halb verrückt!«

»Was geht mich das an«, sagten Sie ärgerlich und beendeten das Gespräch.

Vielleicht hatten Sie da erst erkannt, wohin Sie geraten waren. Nach Geel ins Dorf der Verrückten. Wie kam es, dass es Sie auf Ihrer ziellosen Pilgerfahrt ausgerechnet ins Dorf der ewigen Pilger verschlagen hatte?

»Hätten Sie Lust auf einen Spaziergang heute Nachmittag?«

»Warum nicht? Ich wandere gern.«

So habe ich Ihnen die Legende von der heiligen Dymphna nie erzählt, von der irischen Jungfrau, die ihrer verstorbenen Mutter wie aus dem Gesicht geschnitten war, und von ihrem Vater, der über den Verlust seiner Frau wahnsinnig wurde und sie durch seine Tochter ersetzen wollte – ein von allen Gesetzen verbotener Inzest. Doch der Vater war der König, und alle gehorchten ihm, daher fand sich ein Priester, der bereit war, die Kirche zu schmücken und die Trauung zu vollziehen, gegen Dymphnas Willen. Das Mädchen floh mit ihrem Beichtvater, einem gutherzigen, klugen Geistlichen, quer durch Europa. Sie reisten durch Frankreich und gelangten schließlich nach Belgien, in ein kleines Dorf, das damals vielleicht noch nicht Geel hieß. Dort griff ihr Vater sie auf und befahl ihr erneut, ihn zu heiraten. Sie antwortete, lieber wolle sie sterben, und so tötete er sie. Doch sie hatte ihm vergeben, weil er den Verstand verloren hatte, die Liebe hatte ihn wahnsinnig gemacht, Liebe macht stets wahnsinnig, Monsieur van Gogh, Menschen, die das Leben gleichgültig lässt, werden nicht verrückt. So starb Dymphna, und ihr Leichnam verschwand. Später fand man sie bereits bestattet in einem weißen Sarg. Die Engel hatten sie zu Grabe getragen. So will es die Legende. Man brachte einen Verrückten, der um Heilung betete, zu dem Sarg. Er wurde tatsächlich geheilt, und so begann die ganze Geschichte.

An dem Ort, wo der Sarg stand, wurde eine Kapelle errichtet und später eine Kirche und ein kleines Mönchskloster, und seit dem Mittelalter, seit fast eintausend Jahren, pilgern Verrückte dorthin und beten um ein Wunder. Dymphna war die Schutzpatronin der Verrückten, sie war ihnen zugetan und heilte sie. Aus ganz Europa brachte man sie zu ihr, damit sie ihren verlorenen Verstand zurückbekamen. Sie beteten: *Du, die du weißt, was Wahnsinn ist, nimm fort ihn, wenn du mir gnädig bist.* Es kamen so viele, dass es im Pfarrhaus zu eng wurde, um sie alle zu beherbergen, und so betteten die Klosterbrüder sie zum Schlafen auf den Boden der Kirche. Doch bald reichte auch die Kirche nicht mehr aus, und so baten die Klosterbrüder die Familien im Dorf, den einen oder anderen aufzunehmen. Alle gewöhnten sich schnell daran, einen Verrückten im Haus zu haben. Denn die Verrückten kamen und blieben, natürlich weil es ihnen gut ging, besser als in der Anstalt, doch vor allem, weil einige von ihnen tatsächlich geheilt wurden. Die anderen gingen zeit ihres Lebens in die Kirche, jeden Freitag, sie umkreisten dreimal den Altar, doch ihr Verstand kehrte nicht wieder. So hat seit vielen Jahrhunderten jede Familie in Geel ihren Verrückten. Auch als die Krankenstationen kamen und die Ärzte, Doktor Shepper, die königlichen Erlasse und die Gerichtsurteile, die Gutachten und die staatlichen Zuschüsse, änderte sich eigentlich nichts, niemand dachte auch nur einen Moment daran, sich die Verrückten vom Hals zu schaffen und sie wegzuschließen. Nur in Geel behandelt man die Verrückten so, nur in Geel sind die Verrückten frei. Überall sonst auf der Welt werden sie am Bett festgebunden, in Eiswasser getaucht, ruhiggestellt und rasiert. Sie dürfen sich ihre Kleidung nicht selbst aussuchen, sondern tragen alle den gleichen weißen Kittel. Nicht einmal ein Schmuckstück, einen Rock oder ein Foto dürfen sie behalten.

In Geel ist das nicht so.

Dort wird es niemals so sein.

In Geel hat jede Familie ihren Verrückten und gewinnt ihn mit der Zeit lieb. Das ist für alle etwas Natürliches und Wunderbares. Manche arbeiten auf dem Feld, manche malen, manche arbeiten im Garten, und manche tun nichts, manche sind gefährlich, sie werden als *unschuldig* bezeichnet, und manche kommen wieder zu Verstand, einige wenige bringen sich um, wie Frank, und noch weniger von ihnen bekommen ein Kind, wie die alte Ohneruh, einige wenige verletzen oder töten jemanden, und viele verhindern, dass dies öfter geschieht, manche sind gut, manche sind schlecht, manche sind überempfindlich und manche weinerlich, manche sind großzügig und manche sehr habsüchtig, manche sind gesellig und manche unbequem, manche werfen Steine auf Katzen, und manche pflegen die

Kranken; es sind Menschen wie alle anderen, Monsieur van Gogh.

Ich sehe ihn noch vor mir, diesen Wallfahrtszug.

Diese Ansammlung von leeren, verlorenen und wütenden Blicken. Mancher kann sich kaum auf den Beinen halten, und mancher schreitet stolz einher, einige klammern sich an einen anderen, und manche drängeln, hier stellt einer einem anderen ein Bein, dort brabbelt jemand Gebete, und mancher wird in der Kirche nicht niederknien, weil er nicht um ein Wunder bittet, sondern um eine Entschädigung.

Sie alle gehen zum Altar, alle zum selben Gott, alle zur selben Gnade.

»Hier bin ich, hier!«, rief ich, als ich Sie in der Ferne erblickte. Vor Kurzem war ein Unwetter hereingebrochen, plötzlich und prasselnd, doch der gelb-violette Himmel klarte schon wieder auf.

»Du kommst viel zu spät«, antworteten Sie schlecht gelaunt. Sie saßen hinter der Kirche, in der Nähe des Friedhofs unter einer Eiche zwischen zwei schmutziggelben, mit Zweigen übersäten Pfützen, in denen sich der Himmel spiegelte.

»Madame Vanheim hat mich ausgefragt, bevor sie mir glaubte, dass ich zu Icarus gehe«, sagte ich lächelnd. »Entschuldigen Sie, aber ich konnte mich nicht eher loseisen.«

»Hättest du ihr nicht sagen können, dass du mit mir unterwegs bist? An diesem merkwürdigen Ort sehe ich viele Kinder, die ältere Leute an der Hand spazieren führen. Auf einen mehr oder weniger kommt es da nicht an.«

»Und wer wäre dann das Kind?«, entgegnete ich beleidigt.

»Na ja, ich verstehe ja deine Sorge. Kein Mensch kann mir über den Weg trauen.«

»Warum sagen Sie das?«

»Ich bin nicht gerade ein vertrauenerweckender Typ. Als ich jünger war, konnte man mich für einen gebildeten Mann halten, doch heute sehe ich aus wie ein Fährmann oder ein Schmied. Oder wie ein Taugenichts.«

»Reden Sie doch nicht solchen Unsinn!«

»In letzter Zeit bin ich wohl nachlässig geworden. Mit meiner Körperpflege. Madame Vanheim wird nicht wollen, dass du mit einem Vagabunden herumziehst!«, sagten Sie, um mich zu ärgern.

»Nein, es ist nur so, dass ein Mann und eine Frau …«

Wir kamen an die Nete, die in der Nähe von Geel fließt. »Hier kann man Hechte fangen.« Wir schlenderten weiter. Der Frühling würde nicht auf sich warten lassen. Sie hatten meinen Vorschlag akzeptiert, und so wanderten wir ziellos durch das Kempenland. Fernab von allen Blicken.

»Ich bin einer, mit dem man sich nicht abgeben sollte. Ein impulsiver Charakter, einer, der seinen Leidenschaften nachgibt. Der sich nicht unter Kontrolle hat.«

Ich ließ Sie reden. Dabei redeten Sie, ehrlich gesagt, nicht viel. Sie wägten Ihre Worte ab. In Ihren Briefen ergoss sich ein Strom, ungestüm und unaufhaltsam. Doch wenn Sie redeten, waren Sie wie ein ausgetrockneter Fluss.

»Jedes Kohlblatt ist mehr wert als ich.«

Als ich Sie anschaute, war mir, als überlagerten sich die Zeilen, die ich in Ihrem Zimmer in jenem Brief gefunden hatte, auf Ihrem Gesicht. Einer, der so schreibt, kann doch nicht bloß ein Vagabund ohne Zukunft sein. Oder sind das nur weibliche Fantasien, über die ihr Männer so herzlich lachen könnt, und Sie glauben diesen Sätzen gar nicht, haben ihnen nie geglaubt? Mir hätte es gefallen, die Frau zu sein, die Sie suchten, die Frau, mit der Sie sich ein Nest bauen wollten. Ich war eifersüchtig auf Ursula und auf Kee.

»Reisen Sie viel, Monsieur?«

»Ich war schon überall. In England, in Frankreich, in Belgien und in Holland. Ich habe alles Mögliche verkauft: Bücher, Hefte, Bibeln. Doch nirgends fand ich ein Zuhause. Eine Heimat.«

»Und wie müsste die Heimat sein, die Sie suchen?«

»Ich weiß es nicht.«

»Vielleicht ist sie ja hier«, redete ich weiter.

»Dein Dorf ist mir unheimlich. Hier könnte ich niemals leben. Als ich klein war, drohte mein Vater damit, mich hierher zu schicken. Er hielt mich für überspannt und verabscheute die Käfersammlung, die ich in meinem Zimmer hatte. Aber die Landschaft hier gefällt mir. Sie erinnert mich an den Ort, wo ich geboren bin.« Sie atmeten tief ein und betrachteten das Schwarz der regennassen Baumstämme, ein nahezu goldenes Stück Moos und den endlosen, leuchtenden Himmel, der weder weiß noch fliederblau war.

»Es ist erstaunlich, wie viele Farben es hier gibt«, antwortete ich, aufgewühlt von dem gemeinsamen Erlebnis. »Im Grunde gibt es keine zwei Dinge, die wirklich dieselbe Farbe haben.«

Sie hörten mir gar nicht zu. Sie waren mit Ihren Gedanken anderswo. Bei Ihrem Leben. Irgendwann sagten Sie: »Weißt du, wie man mich als Kind genannt hat? *Fou roux!* Der rothaarige Verrückte! Schon damals hatte ich einen schwierigen Charakter.«

»Von mir hat man erzählt, ich könnte die Zukunft vorhersehen.«

»Wirklich?«

»Ja. Weil ich einmal viele Menschen vor einer Grubenexplosion bewahrt habe.«

Doch auch diesmal baten Sie mich nicht, Ihnen mehr davon zu erzählen. Ein Gespräch mit Ihnen war nicht so einfach. Das Reden schien Sie anzustrengen, doch vor allem konnten Sie nicht zuhören.

Bald ging die Sonne unter. Und obwohl es an der Zeit war, nach Hause zu gehen, verlangsamten wir unsere Schritte, um das Schauspiel zu genießen.

»Welche Ruhe, welcher Frieden«, sagten Sie und atmeten tief ein. »Diese schmale Allee, der Schlamm, die endlose Heide zu beiden Seiten, die dreieckigen Hütten, die rötlichen Flammen eines Feuers hinter ihren Fenstern …«

Sie sahen zufrieden aus, die Dunkelheit schien Sie zu beruhigen. »Sieht das nicht aus wie kleine Punkte auf einer Landkarte, Teresa?«, fragten Sie und wiesen zum Himmel hinauf, der so klar war, dass schon unzählige Sterne zu sehen waren.

»Da haben Sie recht.«

»Auch wenn es nicht Frankreich ist.«

»Frankreich muss schön sein.«

»Paris ist schön und grausam. Doch ich möchte in den Süden.«

»Sie könnten mit einer Frau dorthin gehen«, sagte ich in der Hoffnung auf eine Reaktion.

»Vielleicht ist jeder Stern ein Dorf. Weshalb sollte es schwieriger sein, zu den Lichtern des Firmaments zu gelangen als zu den Städten Frankreichs?«

»Wie poetisch«, sagte ich mit einem Anflug von Sarkasmus und Gereiztheit.

»Beim Anblick der Sterne gerate ich ins Träumen.«

Während Sie in diesem ernsten, feierlichen Ton redeten, geschah etwas Schönes. Auf dem Weg lag ein großer Stein. Sie waren so vertieft in die Betrachtung des Himmels, dass sie ihn übersahen und stolperten, fast wären Sie gefallen. Während Sie noch Ihr Gleichgewicht suchten, brachen Sie in schallendes Gelächter aus, es war ein gesundes, kräftiges Lachen. Ihre Stimmung hellte sich auf. Für einen kurzen Augenblick verschwand Ihre grüblerische, gedankenversunkene Miene. Es war das einzige Mal, dass ich Sie wirklich glücklich sah.

»Jetzt müssen wir uns trennen, Monsieur van Gogh. Man darf uns nicht zusammen sehen. Hier denkt man sofort Schlechtes.«

In derselben Nacht erschien mir meine Mutter im Traum. Sie war ganz in Weiß gekleidet und hatte weder Augen noch Beine. Sie war dünn und sprach kein Wort. Ich fürchtete mich vor ihr. Seit dem letzten Mal, da sie mir erschienen war, schien sie älter geworden zu sein. Und bleich. Ich wäre gern aufgewacht, doch es gelang mir nicht. Meine Mutter hielt mich in diesem Traum, und hinter ihr stiegen Farben auf, zunächst Gelb, dann Rot, Dunkelblau, Orange, Grün und Himmelblau, eine Farbe nach der anderen, eine in der anderen, und ich tauchte hinein, schwamm darin umher, verschob sie mit den Händen, verschlang sie. Die Farben wurden zu Formen, zu sonderbaren Gebilden, es gab schwarze Birnen und blaue Schlösser, rote Pferde und gelbe Artischocken. Da dachte ich, dass ich diesen Traum nicht brauchte, dass meine Mutter mich unterschätzte, denn ich hatte Sie ja längst erkannt, Monsieur van Gogh, ganz und gar. Ich hatte nur Ihren Brief lesen müssen, um bereits alles zu wissen.

Monsieur Zoeks Laden.

Meine Erinnerungen sind nun klarer. Einfacher. Noch immer habe ich den sonderbaren Geruch dieses Ladens in der Nase, nach Tabak und Zimt. Er lag am Ende des Dorfes und führte nur wenige Dinge, alle einzig danach ausgesucht, ob sie Monsieur Zoek gefielen. Es gab Gewürze, eine Kiste Äpfel, Schokolade, Streichhölzer und braune Zigarrenschachteln, ein Stück Speck, in dem ein großes Messer steckte, ein Bündel veilchenblauer Duftkerzen, drei Teppiche und außerdem Farbpaletten, Leinwände, Bleiweiß, Firnis und Näpfe mit Malfarben. Hinter dem Laden beschlug Monsieur Zoek die Pferde und gab den Verrückten Malunterricht.

Er ging sehr grob mit ihnen um, und um ein Haar hätte ihm einer seiner Schüler einmal die Kehle durchgeschnitten. Er behielt eine lange Narbe am Hals zurück. Doch er dachte gar nicht daran, aufzuhören. Die Verrückten kamen immer sonntagnachmittags, und er ließ sie alle an der gleichen Stelle sitzen. Jeder von ihnen malte das Städtchen aus derselben Perspektive, die lange Straße mit den Häusern, rechts ein kleiner Hügel und am Ende, in der Ferne, die Kirche der heiligen Dymphna. In jedem Haus von Geel hängt so ein Bild, und jedes ist anders, obgleich die Verrückten alle am selben Ort gesessen und dasselbe Motiv gemalt hatten.

»Könnten Sie mir ein paar Francs leihen, Madame?«

Gleich nach dem Aufstehen war ich aufgeregt zu Madame Vanheim gelaufen. Ich entwickelte mich zu einer wahren Schauspielerin, Monsieur van Gogh.

»Wozu brauchst du die denn?«

»Ich würde sie gerne Gaston bringen. Er hatte Ärger mit der Bank. Ach, diese Banken!« Es kümmerte mich nicht, dass meine Lüge schnell durchschaut werden konnte. Ich musste das einfach tun, anders hätte ich mein Ziel nie erreicht.

»Nimm sie dir aus der Dose im Regal neben der Eingangstüre, und denke daran, dass du heute früh zu Hause sein musst.«

»Warum denn?«

»Doktor Tarascon kommt in ein paar Tagen, da muss das Haus blitzblank sein. Ich erwarte, dass du mir hilfst, Teresa. Gerade bei einem so wichtigen Anlass.«

»Ja, gut, Madame.«

»Dann geh jetzt, aber sei bald zurück.«

Ich nahm das Veloziped und fuhr quer durchs Dorf, vorbei an den weißen Häusern, bis zum Laden von Monsieur Zoek. Er war überrascht, mich zu sehen: »Teresa, was willst du denn hier?«

»Farben. Und eine Leinwand.«

»Aber so was kostet viel Geld.«

»Ich habe Geld.«

»Du möchtest malen? Dann brauchst du auch Bleiweiß und Firnis.«

»Ich habe ein paar Gulden, schauen Sie, was ich dafür bekommen kann. Eine Palette und einen Pinsel brauche ich auch.«

»Ich gebe dir ein paar alte von mir. Dann musst du mir aber zeigen, was du gemalt hast.«

»Das mache ich.«

Ich weiß nicht, warum ich das getan habe. Vielleicht wollte ich Ihnen einfach helfen. Doch vielleicht, wer weiß, habe ich Ihnen gar nicht geholfen.

»Sie sollen besser hinschauen, habe ich gesagt.«

»Da ist aber nichts.«

»Doch! Sind Sie blind?«

Von oben sah ich Ihren Rücken, Ihre roten, von der Feuchtigkeit gekräuselten Haare und Ihre stämmigen Beine. Es war dunkel in der Höhle, in der ich mich stets verkrochen hatte, wenn ich verschwinden wollte, damals, als ich noch bei den De Goos' wohnte, und Sie fanden überhaupt nichts. Sie tappten ungeschickt umher, suchten aber voller Eifer. Wie ein Kind. Am Morgen hatte ich Sie mit der Bemerkung geweckt: »Ich habe eine Überraschung für Sie.« Sie machten große Augen und willigten ein, mir zu folgen, auf Icarus' Felder.

»Aber was ...«, sagten Sie, als Sie die Leinwand fanden, die ich für Sie gekauft hatte. »Suchen Sie weiter.« Die

Palette hatte ich hinter einem Stein versteckt, und sie zu finden war ein hartes Stück Arbeit für Sie. Und es gab etwas Weiß, etwas Schwarz, Gelb, Rot und Blau. Dazu Bleiweiß und Firnis, die vollgekleckste Palette, eine Leinwand und einen Pinsel.

»Es wäre schön, wenn Sie ein Bild für mich malen könnten.«

»Ich habe noch nie im Leben ein Bild gemalt.«

»Ich würde mich freuen. Bald gehen Sie fort, und ich hätte gern ein Andenken an Sie.«

»Ich male nicht.«

»Ich weiß, dass Sie zeichnen.«

»Wer hat dir das erzählt?«

»Madame Vanheim.«

»Wirklich? Ihr gefallen meine Zeichnungen nicht. Sie gefallen niemandem. Nur meinen Eltern. Als ich klein war, zeichnete ich für sie. Doch wenn sie mich dann mit Lob überschütteten, zerriss ich alles!«

»Nun hören Sie doch auf, sich so zu zieren, und zeichnen Sie für mich.«

»Was denn?«, fragten Sie, doch Sie wussten schon ganz genau, was Sie tun mussten, Sie hatten ein irrsinniges Verlangen danach, endlich anzufangen und die Leinwand unter Ihren Händen zu spüren. Ich wusste, Monsieur van Gogh, dass dies das schönste Geschenk war, das ich Ihnen machen konnte.

Sie nahmen also die Leinwand, legten sie auf einen großen Stein und zogen einen Stift aus der Tasche. Ich hörte ein Kratzen. Sie begannen und hatten schon alles klar im Kopf.

»Ich kann mich nicht konzentrieren, wenn du da sitzt.«

»Seien Sie doch nicht so umständlich, Monsieur! Dann setze ich mich eben hierhin.« Ich rückte ein Stück weiter. »Ich bin gar nicht da.«

Es war ein entschiedenes, zunächst langes und dann kurzes Kratzen. Ein schwacher Wind blies, und ich hatte die Sonne im Gesicht. Ich stellte mir die Linien vor, die auf der Leinwand heranwuchsen wie eine unaufhaltsame Pflanze, und ich sah den Mais vor uns, Icarus' Haus in der Ferne und den strahlend blauen Himmel. Ich hörte den Gesang der Bauern auf den Feldern und das Muhen der Kühe. Ich konnte es kaum erwarten, zu sehen, wie Sie all das gezeichnet hatten.

»Einen Stift zur Hand zu nehmen war für mich immer schon eine Möglichkeit, zu zeigen, wie ich die Dinge sehe. Nicht alles lässt sich in Worte fassen, manches muss man zeigen.«

»Monsieur Zoek bringt den Kranken und Versehrten, die nicht aus dem Haus und manchmal nicht einmal bis ans Fenster kommen, häufig Bilder mit. Auf diese Weise zeigt er ihnen die Welt und versichert ihnen, dass sie auch außerhalb ihres Zimmers noch da ist.«

Sie arbeiteten wie besessen, dann drehten Sie das Bild herum und zeigten mir, was darauf zu sehen war. Es waren weiche, breite Linien. Die gleichen wie auf den Skizzen in Ihren Briefen. Das war Ihre Art zu zeichnen: Sie ließen die Details entweder weg oder vergrößerten sie über die Maßen. Nur Dinge, die Sie sehr beeindrucken, verdienen es, auf der Leinwand zu erscheinen. Tatsächlich war auf dieser Zeichnung alles vorhanden, doch eben nach Ihrer Art. Mit nur wenigen Linien waren die Felder angedeutet, nur ein Strich genügte für zehn Ähren, und doch waren die zehn Ähren da, man konnte sie sehen, konnte die Körner zählen. Auch eine kleine Viehherde war zu erkennen und zwei gebückte Tagelöhner am Horizont. Und ein Haus, kleiner als das von Icarus und dem kaum ähnlich, doch genau so haben Sie es gesehen, als ein Haus wie viele andere. Und da waren Pappeln und Klee, ganz in unserer Nähe, und übergroße Blumen, die den Frühling sehr gut wiedergaben. Sie haben recht, Anfang März sind die Blütenblätter gigantisch.

Und dann war da ich.

Vom Betrachter abgewandt, schaute ich in die Landschaft. Ich war nur eine Haube, ein Kleid und dicht vor die Brust gezogene Holzschuhe. Ich hatte kein Gesicht. Doch einen kleinen Busen. Einen Frauenbusen, wie ich ihn gar nicht hatte. Doch für Sie war ich kein kleines Mädchen mehr.

Wahrscheinlich wurde ich rot.

»Wie findest du es?«

»Ich finde, dass die Farben fehlen, Monsieur.«

Verlegen hielt ich mir die Hand vor den Mund. Ich fürchtete, meine spontane Reaktion könnte unverschämt geklungen haben, oder Sie könnten entdecken, wie viel mir an Ihnen lag. Sie wurden nachdenklich, sagten kein Wort und schauten nach vorn: Das Bild war ein schwarz-weißer Fleck mitten im jubilierenden Kempenland. Ohne Farben war die Welt draußen geblieben, außerhalb des Bildes.

Ich hatte Ihnen etwas völlig Simples gesagt, doch erst da wurde es Ihnen bewusst. Dass die Bäume grün und braun sind, die Mäuse rötlich grau, die Sterne gelb oder silbern, je nachdem, wie die Nacht ist; dass die Statuen weiß sind, solange sie nicht verwittern, und wieder weiß werden, wenn man sie säubert; dass die Flüsse schwarz sind, wenn sie rasch fließen, und dass manche Tage und manche Menschen mehr leuchten als andere; dass es rote Blätter und dunkle Blüten gibt und dass der Tod gelbgrün ist, denn alles hat seine Farbe. So existiert die Welt, Monsieur van Gogh, das ist ihre Sprache. An der Farbe erkennt man, ob Früchte reif sind, ob ein Mund gesund ist, ob eine Drossel männlich oder weiblich ist, ob ein Insekt gefährlich und ein Pilz essbar ist, ob der Tag vorbei ist und das Wasser trinkbar. Ob man glücklich oder traurig ist.

Sie drehten sich um und suchten, mit dem Stift noch in der Hand, nach dem Bild. Sie hatten es ins Gras gelegt und mussten eine Weile nach ihm suchen. Es amüsierte mich, Sie so unbeholfen zu sehen. Sie hoben es auf, feuchteten mit etwas Speichel den Pinsel an und tauchten ihn in die Farben.

»Wenn ich gewusst hätte, dass das ein Gemälde werden soll, hätte ich mit dem Stift nicht so stark aufgedrückt.«

»Beklagen Sie sich eigentlich immer so viel?«

»Ich habe einen unangenehmen Charakter.«

»Wenn Sie mich fragen, werden Sie ein Leben als Maler führen«, sagte ich.

Jawohl, dieser Drang erfüllte Sie *bis ins Mark*, ohne dass es Ihnen bewusst war. Ich zeigte Ihnen nur die Richtung, in die Sie gehen mussten, um in Ihre Heimat zu gelangen. Um endlich ins Land der Farben zu gelangen.

Sie hatten begonnen.

Hatten aus Blau und Rot etwas Veilchenblau gemischt, und aus Blau und Gelb etwas Grün. Dann die Nuancen: Korallenrot, Purpurrot, Bernsteinbraun, Pflaumenblau, Blauviolett. Schon bald legten Sie den Pinsel weg und nahmen mit dem Finger etwas Grün auf, das Sie als dicken Klecks auf die Leinwand setzten, als regelrechten Farbklumpen. »Es ist mir egal, ob die Farbe genau die ist, die ich sehe«, sagten Sie leise. »Hauptsache, sie ist auf dem Bild so schön wie in der Natur.«

Doch auf dieser Leinwand waren Sie, und nicht nur die Welt, die uns umgab. In diesen Farben wohnte Vincent van Gogh. Als Sie ein Orange auswählten, war es die

Haarfarbe Ihres Bruders, und das Grün war ein Käfer, den Sie verfolgt und zwischen den Fingern gehalten hatten, blaugrün war der Blick Ihrer Mutter, grau das Gesicht eines Grubenarbeiters im Bergwerk, dunkelblau die Nacht, in der Sie aufgestanden und nach Geel gekommen waren, schwarz die Kirche, in der Ihr Vater predigte, weiß das Hemd Ihres Bruders am Tag, als er angestellt wurde, dunkelgrau die trübe Seine, kristallblau der Abend, an dem Sie sich zum ersten Mal verliebten, und gelb Ihre Öljacke.

Dann sahen Sie, dass das nicht ausreichte, Sie waren erst an der Quelle eines Flusses, der noch zu Tal fließen und sich ergießen musste, eines Flusses aus Schlamm und Licht, denn die Farben wollten sich vereinen, wollten ineinander aufgehen, die Plätze tauschen, zusammenstoßen, sie wollten noch dicker werden, wollten aus der Leinwand heraus. Sie überwältigten Sie, überfluteten Sie, und da geschah es. »Aber was …«, sagten Sie und begannen heftig zu zittern, und mir war, als erzitterte auch der Boden unter meinen Füßen. »Was ist los mit mir?« In Ihrem Blick lag Angst, tief empfundene Angst, so intensiv wie Ihr Schicksal. Ich schrie: »Vincent!« und hielt mir vor Schreck den Mund zu, und Sie sagten: »Teresa«, doch leise, stammelnd, benommen, entsetzt, denn dieses Zittern zerhackte Ihre Stimme, und die Wörter kamen nur mühsam hervor, sie rissen ab, blieben unvollständig. »Ich … ich … werde … kann nicht …« Es war ein erschütternder Anblick, Monsieur van Gogh. Zunächst zitterte

Ihre rechte Hand, und Sie starrten sie an, wie um sie zu stoppen und als gehörte sie Ihnen nicht; der Pinsel landete im Mais, Ihre farbverschmierte Hand zitterte immer heftiger. »Ich kann nicht …« Dann begann Ihr ganzer rechter Arm zu zucken. Ich wusste nicht, ob ich mich Ihnen nähern sollte, wusste nicht, was tun, und nun fing Ihr Bein an, ebenfalls das rechte, irgendetwas sprang hoch zu Ihrem Gesicht, wie der Biss eines Hundes an die Kehle. Sie rollten den Kopf, die Augen und brachen mit einem Keuchen zusammen. Ihre Zunge schob sich aus dem Mund. Sie lagen reglos da, doch die Zunge zuckte. Ich stürzte zu Ihnen, umarmte Sie und hielt Sie fest, ich spürte Ihren Körper an meinem.

»Vincent!«, rief ich erneut.

»Bring mich hier weg … Was bin ich nur? Ich habe Angst, Teresa …«

Ich legte Ihren Arm um meine Schulter und dann meinen Arm um Ihre Taille, und so stolperten wir zu Icarus' Haus, das am nächsten stand, ich wollte um eine Kalesche bitten. Einige Bauern kamen uns entgegen, und Icarus wird sich gefragt haben, was ich hier mitten in den Feldern mit Ihnen zu suchen hatte. Er sah mich schief an und argwöhnte wer weiß was, doch er sagte nichts. Als ich ihm erzählte, was geschehen war und dass Sie Hilfe brauchten, bot er uns seine Gastfreundschaft an. Aber da Ihr Zustand ernst war und wir Doktor Shepper brauchten, hielt ich es für Zeitverschwendung, ihn erst aus dem

Dorf zu holen. Viel besser war es, ihn gleich in Geel zu konsultieren.

Vielleicht haben Sie all das vergessen. Vielleicht war dieser Anfall zu heftig und hat jede andere Erinnerung überlagert.

Doch ich wollte Ihnen sagen, dass ich das erste Bild gesehen habe, das Sie je malten. Damals dachte ich mir schon, dass es Ihnen nicht gut ging, dass Ihr Zustand besorgniserregend war, doch ich konnte nicht anders. Ich musste dieses Bild sehen.

Offen gestanden war es, verglichen mit Ihren Zeichnungen, nicht gerade ein Meisterstück. Die Farben waren launisch hingeschmiert, wie zum Spaß. Es kam mir vor, als hätten sie Ihnen Angst eingejagt, als hätten Sie sich über die Farben lustig gemacht und als hätten diese sich im Gegenzug an Ihnen gerächt, als hätten sie Ihren Anfall ausgelöst, weil Sie sie respektlos und ohne Maß behandelt hatten. Farben sind eine Kraft, eine Macht.

Für die Farben haben Sie Ihr Leben gegeben.

Wer weiß, was aus jenem ersten Bild geworden ist.

Ich ließ es dort zurück, es war zu sperrig. Ich bat auch niemanden, es zu holen, nicht einmal, um beweisen zu können, was wir auf dem Feld getan hatten. Es kam mir gar nicht in den Sinn, ich war viel zu besorgt um Ihre Gesundheit. Ich vergaß auch die Palette, die Monsieur Zoek mir geliehen hatte.

Doch jetzt fällt mir das Bild wieder ein, und ich frage mich, was wohl mit ihm geschehen ist. Vielleicht hat ein Bauer es gefunden und in seinem Haus aufgehängt. Vielleicht hat ein Fuchs versucht, es zu fressen. Vielleicht hat ein Hund daran geschnüffelt und ist dann darüber hinweggelaufen. Mir gefällt der Gedanke, es könnte dort geblieben sein und niemand hätte es weggenommen, es wäre im Laufe der Jahre langsam verwittert und hätte der Erde ihre Farben zurückgegeben.

Denn sie ist es, die braune Erde, die alle Farben der Welt hervorbringt. Ist das nicht fantastisch? Der Himmel erzeugt weit weniger Farben. Schon als kleines Mädchen staunte ich über dieses Wunder.

Nun werden die Erinnerungen sehr schmerzlich, Monsieur van Gogh. Sie tun weh. Sie fließen aus den Augen, sind nass und schmecken nach Salz. Schmecken nach Wut. Trotzdem, man muss sich an alles erinnern, nicht wahr? Das ist der Preis. Man kann sich nicht aussuchen, woran man sich erinnert und woran nicht.

Wir waren die große, farbige Fröhlichkeit mitten im Kempenland, und wir waren der Schmerz, der große Schmerz, der uns nicht mehr loslassen sollte.

»Erzähl mir, was passiert ist, Teresa.«

Doktor Shepper schüttelte das Thermometer, verstaute es in der großen, schwarzen Tasche und wischte sich über die Stirn.

Ich erzählte ihm alles haarklein. Darüber zu sprechen fiel mir schwer, doch ich tat es für Sie. Ich beschrieb Ihre zitternde Hand und das Bein, das plötzliche Zucken des Gesichts und die heraustretende Zunge. Ich ließ kein Detail aus. Der Doktor unterbrach mich mehrmals und fragte nach. Nein, es hatte keinerlei Anzeichen gegeben. Nein, Sie wirkten nicht erschöpfter als sonst. Nein, Sie waren nicht unfähig, zu sprechen, wenngleich Ihnen die Wörter nur sehr langsam über die Lippen kamen.

»Sei ehrlich, ist sonst wirklich nichts vorgefallen?«, fragte Doktor Shepper.

»Nein!«, antwortete ich vehement. »Wahrscheinlich war Monsieur van Gogh sehr ruhebedürftig. Bevor er nach Geel kam, ist er extrem lange gewandert.« Das sagte ich, weil Doktor Shepper Ihnen nur ein wenig Ruhe verordnete. Ich wollte sichergehen, dass Sie noch einige Tage länger blieben.

»Diese plötzlichen Anfälle sind kein gutes Zeichen«, sagte er.

»Wie geht es ihm jetzt?«, flüsterte Madame Vanheim.

»Er ist sehr müde und aufgewühlt, doch in einigen Tagen wird er sich erholt haben. Von diesem Anfall, meine ich.« Doktor Shepper machte eine Pause. »Madame Vanheim, ist Ihnen nichts Ungewöhnliches an ihm aufgefallen?«

»Nichts, nein. Abgesehen davon, dass er an dem Tag hier ankam, als das Fest stattfand …«

»Es könnte ihm guttun, noch ein Weilchen in Geel zu bleiben«, fuhr der Doktor fort.

»Was meinen Sie damit?«, schaltete ich mich ein. Mein Herz stand in Flammen, Monsieur van Gogh. Ich hatte Angst und fühlte mich schuldig.

»Madame Vanheim, haben Sie bemerkt, ob unser Vincent unter Stimmungsschwankungen leidet, ob er einen starken Heißhunger entwickelt und ob seine Augen gerötet sind?«

»Nicht dass ich wüsste«, sagte Madame Vanheim.

»Ja, natürlich … Wie könnten Sie auch, Sie haben ihn ja nur wenige Minuten gesehen … Und du, Teresa?«

»Ich? Auf jeden Fall ist er ein sonderbarer Kauz.«

»Wie meinst du das?«

»Wenn Sie mich nach Monsieur Vincents Verhalten fragen … nun ja, er ist nicht so wie alle anderen.«

»Also wird es besser sein, ihn weiter zu beobachten.«

»Was befürchten Sie denn?«, erkundigte sich Madame Vanheim, die sich mehr darum sorgte, dass Sie zu lange in ihrem Haus bleiben könnten, als um Ihre Gesundheit. »Übermorgen soll die Kutsche eintreffen. Dann wird der neue Verrückte kommen und mit ihm auch Doktor Tarascon.«

»Monsieur van Goghs Anfall könnte der Vorbote einer schweren Geisteskrankheit sein. Ein Aufenthalt hier in Geel wird ihm gewiss nicht schaden. Die gute Luft, die

Leute, die daran gewöhnt sind, mit ... heiklen Situationen zurechtzukommen. Sollte sich der Anfall wiederholen, kann eine Unterbringung in einer Anstalt nicht ausgeschlossen werden ... Und Sie wissen ja, wie das in solchen Fällen endet!«

»Wir können ihn doch noch eine Weile hierbehalten, nicht wahr?«, fragte ich Madame Vanheim und versuchte, das Zittern in meiner Stimme zu unterdrücken.

Ich bin mir sicher, Sie haben alles mit angehört, Monsieur van Gogh, bis zum letzten Wort.

Ich ging in mein Zimmer hinauf und zog mich aus, setzte mich in den Waschbottich und goss mir langsam einen Krug warmes Wasser über den Körper. Alle meine Nerven entspannten sich unter dieser Wohltat. Ich fuhr mir mit den Händen durchs Haar. Fuhr mir mit der Seife die Beine entlang. Und über die Brust, die nicht wuchs.

Ich gefiel mir, Monsieur van Gogh.

An jenem Nachmittag war mir plötzlich, als wollte mein Körper zerspringen, ich spürte, dass dieser Körper nach Ihnen verlangte. Ich möchte Sie nicht vor den Kopf stoßen, Monsieur. Bitte lesen Sie weiter und denken Sie nicht schlecht von mir. Ich war damals in Sorge um Sie, ich wusste aber auch, dass Sie das Bewusstsein wiedererlangt hatten und dass Ihnen die Angst im Nacken saß.

Noch etwas anderes ist mir in Erinnerung geblieben, ebenso stark wie der Schrecken, den ich auf dem Feld bekommen hatte. Vielleicht lag es an jenem Tag, an den Farben, an den Worten oder vielleicht nur an unserer Umarmung, in der ich die Kraft Ihres männlichen Körpers an meinem gespürt hatte.

Ich stand im Waschbottich auf.

An der gegenüberliegenden Wand war ein Spiegel.

Ich schaute mich an.

Ich begann zu träumen.

Von Ihnen. Sie kommen durch die Tür hinter mir ins Zimmer und sehen mich so, ich bemerke Sie im Spiegel, wieder durch ein Glas, wie beim ersten Mal. Sie stürzen nicht davon, bitten mich nicht um Verzeihung; was auch immer Sie von mir wollen, ich bin bereit, es Ihnen zu gewähren, Sie umarmen mich, sagen etwas, doch die Worte dringen nur gedämpft zu mir, ich spüre eine Hitze und unter meinen Händen Ihr duftendes Hemd, ich suche seine Knöpfe, das Hemd fällt zu Boden, ich spüre, wie Sie sich aufrichten, Sie stehen vor mir, umkreisen mich, ohne mich loszulassen, da ist Ihr Gesicht an meinem, Ihre Lippen, die Brust, meine Fingerspitzen und dann meine Fingernägel auf Ihrer Sommersprossenhaut.

Meine Hand fuhr an meinem Bauch hinunter zu der Stelle, wo ich mich nicht sehen konnte, die ich mir nie angesehen hatte, die man sich nicht ansehen durfte. Hin zu jener unbekannten, dunklen Welt. Ich wusste, dass das verboten war, dass ich verrückt werden würde wie meine Mutter, doch meine Hand glitt weiter, und es war ein schöner Gedanke, dass dieser ganze Körper mir gehörte, nur mir, und dass auch Sie mir gehören könnten, mit diesem Körper, und dass Ihre Bilder mir zeigen könnten, was ich nicht von mir wusste, dass Ihre schönen Worte mir etwas erzählen und ganz und gar mir gehören könnten. Nicht Icarus sollte mich mit sich fortnehmen, sondern Sie, der unfreundliche, schwermütige Wanderer, und meine Mitgift würde Ihnen die Zeit geben, Maler zu werden, mehr interessierte mich nicht. Ich würde auch in Armut leben, auf Heuböden schlafen, nur um bei Ihnen zu sein und Ihr Schweigen mit Farben zu füllen. Meine Finger wanderten weiter, zum ersten Mal spürte ich diese sonderbare Haut, faltig und weich, so ganz anders als die übrige Haut, ich schloss die Augen, weil sich etwas regte, aus dem *innersten Mark*, und stärker wurde, es überflutete mich wie ein Strom, entflammte mich wie ein Feuer, es machte mich zu einem neuen Menschen und ergriff vollständig Besitz von mir.

Ich war bereit für Sie.

»Teresa, wo hast du bloß gesteckt? Meinst du wirklich, heute ist der richtige Tag, um zu spät zum Essen zu kommen?«

»Entschuldigen Sie, Madame, mir war schwindlig«, antwortete ich, allerdings in dem frechen Ton, wie ihn Kinder haben, wenn sie sich plötzlich erwachsen fühlen.

»Da hast du uns ja einen schönen Tag beschert. Ausgerechnet heute, wo wir für Doktor Tarascon alles herrichten müssen, hast du … Aber wir sprechen uns noch, Teresa!«

»Darf ich nachsehen, wie es unserem Gast geht?«

»Das ist wohl nicht angebracht.«

»Ich halte es sehr wohl für angebracht, zu wissen, wie es ihm geht, Madame.«

Monsieur Vanheim, erstaunt darüber, dass ich mich so anmaßend verhielt, wo ich doch sonst immer so folgsam war, wollte mich zurechtweisen, doch seine Frau schnitt ihm das Wort ab: »Ich war gerade unten. Er schläft.«

Eher enttäuscht als verärgert sah sie mich an. Sie war zwar wütend auf mich, weil ich sie belogen hatte, weil ich behauptet hatte, ich ginge zu Gaston, vor allem aber machte sie sich Sorgen, es könnte geschehen sein, was nicht geschehen durfte. Die Leute werden schnell argwöhnisch. Sofort malen sie sich wer weiß was aus.

Ich hatte ihr Vertrauen verloren, verstehen Sie?

An jenem Tag verlor ich es für immer.

Die Minuten bei Tisch schienen überhaupt nicht zu vergehen, ich bekam keinen Bissen hinunter. Mir kam diese Mahlzeit vollkommen sinnlos vor. Und ebenso sinnlos erschien es mir, dort bei den Vanheims sitzen zu bleiben, die mit dem Essen fertig waren, mir jedoch aus Höflichkeit weiter Gesellschaft leisteten. Ich fand es unerträglich, zu hören, wie sie Nüsse knabberten. Das Geräusch ihrer Münder widerte mich an. Nervös trommelte ich gegen mein Glas.

»Beliebt man heute Abend nicht zu speisen?«, erkundigte sich Monsieur Vanheim ironisch.

»Ich habe keinen Hunger, Monsieur. Heute war ein unvergesslicher Tag für mich.«

»Ich hoffe doch, nicht zu sehr, meine Kleine«, gab er scharf zurück. »Für meinen Geschmack sind deine Wangen viel zu rot.«

Da konnte ich nicht länger sitzen bleiben. Heftig stieß ich meinen Stuhl zurück. »Sie entschuldigen mich.«

»Wo willst du hin? Komm sofort zurück!«, rief Madame Vanheim, doch ich hörte nicht auf sie. »Teresa, ich habe gesagt, du sollst stehen bleiben!« Ich stürzte fort in den Salon und weiter zur Treppe, ich fühlte mich noch immer wie in dem Waschbottich, mit dem irrsinnigen Verlangen, Sie auszuziehen, selbst ausgezogen zu werden, unter Ihre Bettdecke zu schlüpfen, mich an Sie zu schmiegen und uns zu bestaunen, wir beide eng umschlungen und reglos, darauf wartend, dass Ihre Krankheit verging, damit wir uns dann umso heftiger umarmen konnten, ich wollte mich Ihnen hingeben und mit Ihnen das Feuer teilen, das ich in mir hatte. »Teresa, ich befehle es dir!« Nein, ich konnte das nicht mehr hören. Sollten sie uns doch sehen, sollten sie uns doch dabei ertappen, wie wir uns in den Armen lagen.

Mein Herz schlug bis zum Hals, als ich die Hand auf die Türklinke legte und hinter mir Monsieur Vanheim hörte, der mir gefolgt war, mich in einem fort beschimpfte und mir drohte.

Ich riss die Tür auf.

Die Betttücher waren zerwühlt.

In der Luft lag ein starker Geruch nach Melisse.

Sie waren fort.

Gern würde ich Sie jetzt fragen, was an jenem Abend geschah. Wie kamen Sie unbemerkt aus dem Haus der Vanheims? Und wann? Während des Abendessens?

Wir saßen im Speisezimmer, und niemand achtete auf die Haustür. So kann es gewesen sein.

Wir suchten Sie überall.

Wir gingen vom Wirtshaus zu Monsieur Zoeks Laden, von Icarus zum Pfarrhaus. Wir fragten Monsieur Norrik und Petite Colbert, Aaron und Madame Russel. Sie konnten ja noch nicht weit sein.

Doch Sie hatten sich in Luft aufgelöst. In keinem Haus, keinem Stall und keiner Scheune des Dorfes fand sich eine Spur von Ihnen.

Später erzählte man sich, man habe am nächsten Tag auf Hester Prynnes Kleid ein paar rote Haare gefunden.

Haben Sie dort, unter diesen Röcken, den Verstand verloren? War sie Ihre erste Frau?

Sie, und nicht ich?

In Ihrem Zimmer lag nur ein Zettel.

Auf dem Tisch, in aller Eile hingeworfen.

Ich konnte ihn gerade noch rechtzeitig packen und unter meiner Schürze verstecken, bevor Monsieur Vanheim mich einholte. Er umklammerte meinen Arm und bugsierte mich in mein Zimmer. »Hier bleibst du so lange, bis ich dich hole!« Er schloss die Tür ab.

Die Worte auf dem Zettel haben mich stets begleitet. Die einzigen, die Sie vielleicht an mich schrieben, jedenfalls gefällt mir dieser Gedanke.

Wie sieht die Heimat aus, die du suchst, fragst du? Heimat ist alles, was dich umgibt; alles, was dich wachsen lässt; alles, was dich liebt und was du liebst; die Landschaft, die du siehst; die Häuser; die Bäume; die jungen Mädchen, die lachend davonlaufen; die Gesetze, die dich schützen; das Brot, mit dem deine Arbeit bezahlt wird; die Worte, die du sprichst; die Freude und die Traurigkeit, die du durch die Menschen und die Dinge erfährst, mit denen du lebst; die Menschen, die dich beschützen; das kleine Zimmer, in dem du manchmal deine Mutter gesehen hast; die Erinnerungen, die sie dir hinterlassen hat; die Erde, in der sie ruht; deine Rechte und deine Pflichten; deine Vorlieben und deine Bedürfnisse; die Dankbarkeit; die wünschenswerten guten oder schönen Dinge, die nicht unzuverlässig sind; alles vereint unter einem einzigen Namen, das ist die Heimat, die ich suche.

Seither habe ich nichts mehr von Ihnen gehört.

Fast zehn Jahre lang nicht.

Doch ich war fest davon überzeugt – warum, weiß ich nicht –, dass ich Sie irgendwann wiedersehen würde. In Geel oder anderswo, ich würde Sie wiedersehen. Wir hatten ein gemeinsames Schicksal, Monsieur van Gogh. Ich war mir sicher.

Und auch diese Prophezeiung hat sich erfüllt.

Am nächsten Morgen ließ Monsieur Vanheim mich wieder aus dem Zimmer. Er und seine Frau sprachen kein Wort und ich auch nicht. Die ersten Tage waren unerträglich. Ich weinte unablässig, während ich die Kühe molk, am Tisch saß, zur Kirche ging oder Ihre Zeilen noch einmal las.

Ich weinte, weil ich nicht verstand.

Ich wusste nicht, weshalb Sie weggegangen waren. Wusste nicht, wie es Ihnen ging. Waren Sie vor mir davongelaufen?

Schon bald sollte ich alles begreifen, nur wenige Tage später. Die Tränen blieben, doch ich weinte nicht länger um Sie, ich weinte um mich.

Das war, als Doktor Tarascon kam.

Monsieur Vanheim hob während des Begrüßungsessens, zu dem er auch Doktor Shepper und den Vikar eingeladen hatte, seinen Bierkrug und stellte den Gast vor: »Mein französischer Freund ist ein in der Kunst der Medizin höchst bewanderter Professor, er lehrt an der Sorbonne.

Als Spezialist für Geisteskrankheiten wendet er die neuesten Methoden zur Behandlung der Patienten an, wie etwa die fotografische Katalogisierung, eine Technik, die es ermöglicht, Gesichter abzubilden, verschiedene Mimiken und Körper zu vergleichen und die Neigungen und Perversionen eines jeden Menschen vorherzusehen. Ich habe ihn hierher eingeladen. Denn er wusste nicht einmal um die Existenz von Geel! Die Ergebnisse der hiesigen Forschungsarbeit werden in sämtlichen Zeitungen Frankreichs veröffentlicht. Stellen Sie sich vor, die Kirche der heiligen Dymphna, unser Haus und die Felder von Monsieur Broot werden in den Pariser Blättern erscheinen!«

Tarascon tat so, als wäre er nicht geschmeichelt, und schaute sich forschend um. Auf mich wirkte er von Anfang an gefährlich. Er war pedantisch und vorsichtig, nichts entging seinem scharfen Blick. Den ließ er von mir zum Bücherregal und dann weiter zu Madame Vanheims Weinkrug wandern, doch so, als hätten Dinge und Menschen den gleichen Wert und weckten in ihm die gleiche Aufmerksamkeit, das gleiche rein wissenschaftliche Interesse.

Ich erinnere mich.

An einen Fotoapparat.

Das also war das Gerät, das auf dem Kirchplatz aufgebaut worden war. Das ganze Dorf war dort versammelt, um sich dieses Wunderwerk aus Paris anzusehen. »Der Nächste, bitte!«, sagte Doktor Tarascon mit Stentorstimme. Er strich sich den Schnauzbart glatt und wischte sich den Staub von seiner zu weiten Jacke. Mit einem Stock in der Hand stand er da und klopfte jedes Mal auf den Boden, wenn der Nächste aufgerufen wurde, der fotografiert werden sollte. »Halois Weert bei Familie Zebark!«, sagte er, und Halois trat aus der Menge vor. Er war schon seit dem Morgen dort und hatte den anderen zugesehen, sodass es nicht nötig war, ihm Instruktionen zu erteilen. Er setzte sich auf den Schemel vor dem Fotoapparat.

»Bitte halten Sie ungefähr dreißig Sekunden still.«

»Was sind dreißig Sekunden?«

»Das ist die Zeit, die Sie still sitzen und die Luft anhalten können.«

Halois atmete ein.

Nun erschien ein Männchen mit Hosenträgern, ging zu dem Verrückten, legte ihm die Hände auf die Schultern, rückte ihn zurecht, lief dann zum Fotoapparat, kroch unter eine Art schwarzen Vorhang, bewegte die Schnauze des Apparats, um das Motiv scharf zu stellen, und schoss das Bild.

»Der Nächste, bitte.«

Doktor Shepper schaute Tarascon zu, beeindruckt von der mechanischen und gebieterischen Art, mit der dieser seine Bewegungen wiederholte wie ein feierliches Ritual. Icarus und Monsieur Vanheim fachsimpelten über dieses Wunder der Technik. Vikar Torsten fürchtete, es könnte sich um Teufelszeug handeln. Und Monsieur Norrik erläuterte, man werde alle Verrückten des Dorfes fotografieren, damit Doktor Tarascon dann entscheiden könne, welche er persönlich aufsuchen werde und welche Fälle für ihn die wichtigsten seien. Monsieur Zoek meinte, falls dieses Dings da tatsächlich funktioniere, werde es bald keine Maler mehr geben, man werde niemanden mehr brauchen, der ein Bild malt. »Der Nächste, bitte«, fuhr Doktor Tarascon unbeirrbar fort. Die Dorfbewohner waren entzückt, doch offen gestanden mehr von Klatsch und Tratsch als von der Wissenschaft. Zum ersten Mal erfuhren sie nämlich zuverlässig die Namen aller Verrückten von Geel. Auch Petite Colbert wurde vor den Fotoapparat gerufen. Sie war rot geworden. »Ach, deshalb spielt sie so schlecht«, raunten einige.

Währenddessen beschwerten sich viele, sie wollten mit ihren Familien abgelichtet werden, um das gerahmte Bild dann im Wohnzimmer zur Schau stellen zu können. Einige junge Burschen, die zum Militär gehen sollten, verlangten lauthals, ein Porträt ihrer Braut mit an die Front nehmen zu können. Icarus' Bauern regten an, die Kühe und die Ernte zu verewigen. Und einige riefen: »Ich bin der größte Verrückte im Dorf!«, überzeugt davon, es so bis in die Zeitung zu schaffen.

»Hester Prynne bei Monsieur Norrik!«

Augenblicklich verstummten alle, auch Doktor Tarascon.

Sie trat vor, geschmeidig und anmutig wie immer, ein Schwan auf einem See. Beim Hinsetzen schlug sie die Beine übereinander und löste ihr Haar. Ihre Lippen waren leicht geöffnet wie für einen Kuss.

»Der Nächste, bitte!«, sagte Doktor Tarascon, und jedes Mal lag in der Zeit zwischen diesem Satz und dem Namen des Verrückten, der fotografiert werden sollte, ein angespanntes Warten, wer wohl aufgerufen werden würde. Es gab keine Liste, und so stellte jeder eigene Vermutungen an. Inzwischen nahm die Zahl der noch abzulichtenden Verrückten ab. Bange wartete man auf das Klopfen des Stocks und auf den Namen desjenigen, der als Nächstes katalogisiert, der Wissenschaft übergeben und unsterblich gemacht werden sollte.

»Teresa Ohneruh!«

Niemand hatte Tarascon darüber unterrichtet, dass ich nicht verrückt war, dass es nur ein Trick gewesen war, mein Gutachten gefälscht und nur dazu da war, mir eine Mitgift zu sichern. Ich war nicht traumatisiert, erschüttert und verwirrt aus der Kohlengrube gekommen. Ich hatte weder *Krämpfe* noch *Sprechstörungen*.

Aber jetzt war es zu spät, obwohl ich gezögert hatte, mich nicht wie die anderen beeilt hatte, und Tarascon den Namen als Einzigen an diesem Tag wiederholen musste: »Teresa Ohneruh bei Familie Vanheim!« Madame Vanheim packte mich am Arm, doch ich riss mich los und ging mit erhobenem Haupt durch die Menge nach vorn. Die Leute waren erstaunt, keiner hätte geglaubt, dass ich verrückt bin. Zwar ging auch ich zur Kirche, doch war nichts Sonderbares an mir, ich war nicht wie Hester Prynne und auch nicht wie Halois oder Petite Colbert. Madame Vanheim war in Verlegenheit, Doktor Shepper ebenso. Jemand murmelte: »Sie auch?« Und: »Das hätte ich wirklich nicht gedacht.« Nur Tarascon wartete ungerührt auf mich. Auch der Fotograf wunderte sich nicht. Er kam zu mir, lächelte mir aufmunternd zu, legte mir die Hände auf die Schultern und erklärte mir, dass ich still sitzen müsse. Wie bei den anderen sprach er langsam und deutlich. Dann verschob er die Schnauze des Apparats und schoss das Bild. Ich zuckte zusammen. Ich war nicht verrückt, doch mein Gutachten und dieses Foto besagten das Gegenteil, und ich begriff, dass sowohl Tarascon als auch sein Assistent dem Glauben schenkten. Und vielleicht dachten jetzt alle: »Verrückt wie ihre Mutter.« Ich fragte mich, ob diejenigen, die ich stets für verrückt gehalten hatte, die auf den anderen Fotografien, es denn auch wirklich waren und ob der Grat wirklich so schmal war, ein Foto, ein Gutachten oder auch nur ein Schimpfwort, *fou roux*. Als ich vom Schemel aufstand, hatte ich plötzlich die Gewissheit, dass Sie geflohen waren, weil Sie Doktor Sheppers Worte und seine Sorgen um Ihre Gesundheit gehört hatten und Ihnen klar geworden war, dass er Sie in Geel behalten wollte. Deshalb hassen Sie Geel und wollen nicht über Geel sprechen, weil Ihnen dort zum ersten Mal ein Arzt sagte, dass Sie verrückt sind – so wie Doktor Tarascon es nun von mir behauptete und dieser Fotoapparat es bekräftigte, diese Platte, auf der mein Gesicht festgehalten war. Seit jenem Tag weiß ich, dass *verrückt* nichts weiter als ein Wort ist.

Ich bin eine Verrückte.

Und Sie sind ein Verrückter. Ein armer Irrer.

Worte tun weh.

Manchmal sind sie so scharf, dass sie zu Messern werden, die sich blutig ins Fleisch schneiden. Worte haben die Präzision eines Metzgers, der ein Kalb zerlegt.

Verrückt.

Immer gibt es jemanden, der dieses Wort sagt, bevor man es dann selbst benutzt.

Ich ging zurück zu den anderen. »Ginevra Russel bei Jos Sturla!«, rief Tarascon. In diesem Moment wollte ich nicht einen Heller mehr von meiner Mitgift, ich wollte nur noch weinen und das nach Brüssel gesandte Gutachten zerreißen, ich fürchtete, mit den anderen in einen Topf geworfen zu werden. Sie machten mir Angst, alle machten mir Angst. Ich war nicht verrückt. Ich hasste Geel. Das war kein besonderer Ort, sondern ein Gehege, in das man Geisteskranke sperrte, ein Käfig, was der Schrecken aller Schrecken ist.

Ich, der Unterzeichnete, Alphonse Tarascon, Doktor der Medizin, Professor der Anatomie an der Pariser Sorbonne und wohnhaft in Paris, gebe hiermit Folgendes zu Protokoll. Ich nahm in dem belgischen Ort Geel eine medizinische Untersuchung an Mademoiselle Teresa Ohneruh vor. Alter: circa fünfzehn Jahre, Größe: ein Meter achtundfünfzig. Die Patientin klagte über keine besonderen Beschwerden. Die Untersuchung fand auf den ausdrücklichen Wunsch des Vormunds der Genannten, Monsieur H. Vanheim, statt und stand im Zusammenhang mit einer Reihe von Untersuchungen an Personen des Dorfes, die an nervösen Störungen leiden.

Der vorliegende Fall ist der außergewöhnlichste in meiner gesamten beruflichen Laufbahn.

So begann das neue, von Doktor Tarascon verfasste Gutachten über mich.

Ja, Monsieur van Gogh: Diese Untersuchung fand auf Betreiben von Madame Vanheim statt. Sie war alarmiert und machte sich Sorgen. Sie sah, dass ich traurig über Ihr Fortgehen war, hörte mich klagen, deutete dies als Zeichen von Zuneigung und argwöhnte noch immer, zwischen Ihnen und mir könnte das Unaussprechliche geschehen sein. Es war unklug gewesen, mich mit Ihnen allein zu lassen. Sie fürchtete, ich hätte mich nicht beherrschen können, oder, schlimmer noch, Sie könnten ein Vagabund sein, ein *Gestörter* und sich an mir vergangen haben. Nur so konnte sie sich mein Verhalten, unseren gemeinsamen Nachmittag und Ihren überstürzten Aufbruch erklären.

Um festzustellen, inwieweit ihre Vermutungen zutrafen, fiel ihr nichts Besseres ein, als mich untersuchen zu lassen und so jeden Zweifel zu zerstreuen. Sie brauchte jemanden, der ihr bestätigte, dass ich noch Jungfrau war und kein rothaariges Kind im Leib hatte. Ich, die ich noch gar kein Blut hatte! Doch wer sollte mich untersuchen? Doktor Shepper auf keinen Fall, schließlich war er immer noch der königliche Inspektor des Dorfes und müsste dann womöglich

Maßnahmen ergreifen. Würde er die Untersuchung vornehmen, könnte Madame Vanheim mich danach nicht zu den Zigeunerinnen bringen, wie man es mit der alten Ohneruh getan hatte. Doktor Tarascon hingegen würde in wenigen Tagen wieder abreisen, ohne sich darum zu kümmern, was aus mir wurde. Ja, Tarascon war genau der Richtige, und Madame Vanheim dankte Gott dafür, dass er gerade in Geel weilte. Tarascon würde nicht wissen, dass ausgerechnet ein Gast der Vanheims diesen *Schlamassel* angerichtet hatte. Er würde lediglich bemerken, dass solche Dinge eben vorkommen, nie hat man genug Augen, um auf flatterhafte Mädchen aufzupassen.

Und wenn der Verdacht unbegründet war? Umso besser. Es ging nur darum, Gewissheit zu haben und den Albtraum abzuwenden, meinen Bauch wachsen zu sehen, oder, schlimmer noch, sich Icarus' Zorn nach der Hochzeitsnacht zuzuziehen, wenn er den Betrug entdeckte, weil ich kein Blut auf dem Laken hinterließ. Man musste Tarascon dazu bringen, mich zu untersuchen, ohne dass er Hintergedanken vermutete, doch man musste sich auch klar ausdrücken, ihm zu verstehen geben, dass die Prüfung dort stattfinden musste, zwischen den Beinen. Kam der Wahnsinn denn nicht von dort? Monsieur Vanheim sollte als Vermittler fungieren, er sollte dem Freund mit suggestiven Worten gerade so viel erklären, wie unbedingt nötig war, damit der verstand. Denn die Leute interessieren sich nur für das, was zwischen den Beinen ist, das ist es, wonach die Welt urteilt …

Ich habe eine Pause gemacht, aber ich muss weiterschreiben, darf jetzt nicht aufgeben, auch wenn ich das, was ich Ihnen zu sagen hatte, eigentlich schon gesagt habe. Die langen Nächte, in denen dieser langsame Brief entstand, waren nicht vergebens.

Dennoch sollte ich Ihnen nun alles sagen, die ganze Wahrheit, sonst können Sie nicht verstehen. Aber noch habe ich mich nicht dazu durchgerungen. Ich habe große Angst, Monsieur van Gogh. Die Angst, Sie könnten dasselbe von mir denken wie alle anderen.

Meine Rettung waren die Farben.

Meine Rettung waren sogar die schmutzigen Handtücher. Die besudelten Bettlaken, die fleckigen Tischtücher, die angegrauten Hemden. Die vielen Stunden in der Wäscherei. Die von kaltem Wasser durchtränkten Stunden, in denen die Finger im Waschtrog rissig werden, die Seife den Gestank ausmerzt und es manchmal, wenn man ihren Duft einatmet, so scheint, als könnte das Leben doch noch gut riechen.

Waschen ist hier meine einzige Beschäftigung. Ich habe es schon immer gern getan. Zuweilen schließe ich die Augen und stelle mir vor, ich sei noch bei den Vanheims, doch wenn ich sie wieder öffne, fühle ich mich weit weg von Geel. Bestätigt wird mir die große Entfernung durch die riesige Waschküche und durch die Art der Wäsche, denn in den großen Körben liegen keine Kinderstrümpfe. Aber wenigstens kann ich hier allein sein, und wenn ich allein bin, geht es mir gut. Und obgleich mir niemand aufträgt, die Flecke zu entfernen, reibe ich sie heraus und bitte um Natron und Salz. Mir scheint das einen Sinn zu haben. Hier drinnen träumte ich stets von der Vergangenheit. Bevor die Farben mich retteten, hatte ich das Gefühl, meine Vergangenheit gar nicht mehr zu kennen.

Es geschah vor nunmehr einem Jahr.

Eines Morgens, gleich nach Sonnenaufgang, ging ich mit einem Packen Schmutzwäsche in die Waschküche hinunter. Ich legte alles auf eine Bank, wie immer. Da sah ich, dass ein Fenster offen stand und der Fußboden voller Blätter und Dreck war. Es waren die Spuren eines Tieres, das sich in der Nacht hier verkrochen hatte, also wollte ich Wasser holen, um alles aufzuwischen.

Ich ging zu den Eimern, die ineinandergestapelt im hinteren Teil des Raumes stehen, bei den Eisendrähten zum

Aufhängen der Wäsche im Winter. Als ich mich bückte und nach einem Eimer griff, entdeckte ich die Bilder.

Sie lehnten mit der Vorderseite an der Wand, vom Morgenlicht nur schwach erhellt. Ich stellte den Eimer ab, schlüpfte unter den Drähten durch und trat neugierig näher.

Ich drehte die Bilder um.

Eines, und noch eines.

Der Anblick war überwältigend. Ich wusste sofort, dass diese Bilder von Ihnen waren. Es waren Ihre dicken, kräftigen Striche, es waren Bilder unserer Landschaft, der Landschaft, die uns wachsen sah, und der Landschaft, die uns nun beherbergte, wieder zusammen, nach all der Zeit. Sie anzuschauen war wie eine Wiedergeburt.

Ich wusste wieder, wer ich bin.

Teresa Ohneruh.

Da ist eine Sternennacht, und eine Zypresse.

Am Himmel wirbelt ein Sternensturm, ganz gelb, die Sterne sehen aus wie Räder, sie scheinen die Nacht zu verschieben, scheinen sie mit sich fortzureißen. Es ist ein Tanz und ein Kampf. Nie zuvor habe ich so leuchtende Sterne gesehen. Sie lassen mich träumen. Sie scheinen pulsierend aus dem Bild zu streben, als gäbe es gar keinen Rahmen. Die Zypresse ist das einzig Reglose, starr wie ein Obelisk, alles andere dreht sich, ist in Bewegung. Der Himmel scheint Anteil an uns zu nehmen, mit uns zu spielen, uns Wunder zu bringen. Was Sie da gemalt haben, sieht aus wie der Wind, der wehte, als ich geboren wurde. Und das Dorf darunter im Halbschatten, das sich ebenfalls zu bewegen scheint, ist ein Dorf wie jedes andere, mit seinen Familien und seinen Häusern, mit seinen Zweifeln und seinen Gebeten.

Es könnte Geel sein.

Da sind ein Mann und eine Frau, die durch eine Landschaft von Feldern, Bäumen und kugligen Büschen wandern. Sie ist gelb gekleidet, er in Blau. Ihr Haar ist schwarz, seines rot, als wären diese zwei Sie und ich. Auch diese Büsche rollen, drängen zur Eile. Die zwei Gestalten kommen aus dem Bild heraus, sie haben den Rand der Leinwand erreicht. Sie scheinen sich seit einer Ewigkeit zu kennen, sie sind Mann und Frau, zwei gute Freunde, zwei Liebende. Es ist nicht viel Grün zu sehen, das Gras ist schon lange zertrampelt. Ein matter, schiefer Mond geht auf, man erkennt, dass er nicht hell genug ist, dass er gerade erst zunimmt. Das sind wir beide auf dem Rückweg von der Nete, auch wenn auf dem Bild gar kein Fluss zu sehen ist, auch wenn unsere Kleidung anders ist und ich keine Haube trage, ich war auch dünner, und wir beide waren viel jünger.

Das sind wir beide, wenn wir zusammengeblieben wären.

Wir sind zwei Sonnenblumen, gemalt auf blauem Grund. Zwei pralle, reife Blüten, einander zugewandt, als würden sie sich etwas ins Ohr flüstern. Die eine scheint die andere zu beschützen. Man sieht nicht genau, wo sie liegen, vielleicht auf einem Tischtuch, vielleicht auf einem blauen Himmel. Die eine hat eine Art Pupille, ein unruhiges Auge, und der Blütenkranz hat Ähnlichkeit mit Flammen. Es ist ein feuriger, brennender Blick. So wie Ihrer. Wo die Stiele beginnen, ist nicht zu erkennen. Doch mir scheint, dass diese Blüten abgeschnitten sind. Man erkennt es an dem Schatten, der auf ihnen liegt, so als welkten sie bereits.

Sie sind zu zweit.

Sie scheinen sich festzuhalten, sich zu umarmen, Wärme zu suchen.

Sind das wir beide?

Sind das wir beide, hier?

Sie glauben mir nicht, dass ich durch Sie wieder merkte, dass ich noch lebe?

Ausgerechnet Sie waren es, ein *mittelloser, gescheiterter Maler*.

Das sind Ihre Worte, ich habe sie hier oft gehört, in diesem Labyrinth aus orange-weißen Gängen, im Schatten der riesigen, vom Blitz getroffenen Pinie im Garten, im Vorbeigehen an Ihrem Fenster mit Blick auf die Hügel. »Ich bin ein mittelloser, gescheiterter Maler.« In Ihrem ganzen Leben haben Sie nur ein einziges Bild verkauft, Absinth und Tabak haben Sie zugrunde gerichtet, Sie haben keine Zähne mehr und einen Verband am linken Ohr, das Sie sich wer weiß warum abgeschnitten haben. Mit Ihren Leinwänden werden im Winter die Öfen angeheizt. Sie sind höchstens einen Teller Linsen im Wirtshaus wert oder ein Paar alter Schuhe, und auch das nur, weil es barmherzige Menschen gibt.

Trotzdem, Sie haben mir gezeigt, dass die Welt außerhalb dieser Mauern noch existiert. Nein, Monsieur van Gogh, wir werden niemals untergehen. Man kann uns fesseln, uns einsperren, uns entkleiden, uns kahl scheren und uns unseren Namen nehmen. Man kann uns in Wannen mit eiskaltem Wasser stecken, uns die Mandeln und Zahnwurzeln herausreißen und uns mit den Fingern die Augen in die Höhlen drücken, um uns ruhigzustellen.

Doch wir halten durch.

Weil wir das Land der Farben erreicht haben und in diesen Bildern sind. In diesen Bildern sind Sie. Sie sind ein kleines Café, eine Heugarbe, eine Treppe, ein Granatapfel, eine Mühle, der Zweig eines Mandelbäumchens. Sie sind überall. Wenn Sie Gelb in sich haben, nimmt auch der Himmel diese Farbe an. Wenn Rot in Ihnen ist, überflutet das Rot eine Talebene, füllt Dächer und Holzschuhe und gelangt in die Augen der Frauen, in Baumstämme und in alle Handläufe der Häuser. Da sind Kühe in Hellblau, weil sie die stille Heiterkeit eines Sees haben, und da sind kleine, gelbe Häuser, unruhig und aufgeschreckt wie Wespen. Und da bin ich. Auch ich bin ein Stuhl, ein Boot, ein Mühlenflügel. Wir sind alle da. Geel ist da. All der sinnlose Schmerz ist da, dieser Schmerz, der uns vernichtet. Doch auch all die Hoffnung ist da, die noch sinnloser ist. Da sind wir, arme, verhinderte Wunder. Und da sind all die Wege, die Sie gegangen sind, all die Schuhe, die Sie zerschlissen haben, all die Schritte, die Sie getan haben. Die wir getan haben. Um uns hier wieder zu begegnen.

Im Irrenhaus von Saint-Rémy.

Zwei arme Irre.

Wir sind nichts weiter als zwei arme Irre.

Sie tauchten plötzlich auf, unter dem Gewölbe am Eingang, in Begleitung von Doktor Peyron, dem Direktor der Anstalt. Das war an einem Tag im Mai, um die Mittagszeit, unmittelbar nach dem Essen. Die Schwestern kamen in den Raum und ließen mich aufstehen. Es war Zeit für den Rundgang im Garten. Wortlos ging ich hinaus und reihte mich bei den anderen ein.

Ich habe auf Sie gewartet, habe seit jenem Tag in der Waschküche auf Sie gewartet, ich wusste, dass Sie irgendwo in der Nähe waren, ich hatte von den Pflegern ein paar Bemerkungen über einen exzentrischen Gast aufgeschnappt, der immer frühmorgens mit einer Palette und einer Staffelei aufbrach und spätabends zurückkehrte, der ein Zimmer ganz für sich allein hatte und nichts mit den anderen Verrückten zu tun haben wollte, der hinausdurfte, auch aus dem Garten, bis hinter die rote Umfriedungsmauer, und der abends, wenn er zurückkam, auf einer Leinwand, die er stets bei sich trug, die Außenwelt mitbrachte.

Ich schaute Sie an.

Sie kamen mir entgegen. Ja, kein Zweifel. Die Haare, die Art, die Hemdsärmel aufgerollt zu tragen, der resignierte Schritt, die schwarzen Hosen und die fliederblaue Jacke, dazu die gelbe Fischermütze. Wir gingen aufeinander zu, es fehlten nur noch wenige Meter, das Herz schlug mir bis zum Hals, ich wollte Sie beim Namen rufen und Sie sofort auch beschützen, wollte Ihnen raten, von hier zu verschwinden. Doch Sie hielten den Blick gesenkt, ohne auf uns zu achten. Unsere Neugier, unser Bedürfnis, Sie in unser Schicksal einzubeziehen, war Ihnen unangenehm.

Sie gingen vorüber.

Ich drehte mich um.

Sie aber gingen weiter.

Sie hatten mich nicht erkannt.

Doch das war mir egal. Ich war wieder froh, nach so vielen Jahren.

Mit jenem Augenblick begann alles von Neuem.

Mit dem täglichen Warten auf Ihr Gesicht. Mit dem Grün der Oliven, die Sie, fest in der Hand, mit ins Irrenhaus brachten. Mit den gestohlenen Worten auf den zerknitterten Seiten, die ich in Ihrem Abfallkorb fand. Mit der morgendlichen Flucht in die Waschküche.

Endlich war ich wieder ich.

Ich war wieder Teresa Ohneruh.

Seit einigen Wochen sind Sie fort.

Ich machte mir große Sorgen um Sie, schon seit vielen Tagen. Sie wirkten zunehmend müde und erschöpft. Sie hatten lang anhaltende und häufig wiederkehrende Anfälle, die Sie zuweilen sogar wochenlang ans Bett fesselten. Sie ähnelten dem Anfall, den ich im Kempenland miterlebt hatte. Manchmal verursachten Sie sie selbst, indem Sie Farben verschluckten oder auch das Kerosin, mit dem das Personal die Lampen füllte.

Doch Sie hörten nie auf zu malen.

In Saint-Rémy haben Sie sich verausgabt, Monsieur van Gogh. Sie waren gekommen, um sich auszuruhen, um wieder zu Kräften zu kommen, stattdessen malten Sie wie besessen: ein, zwei, drei Bilder am Tag. Sie arbeiteten zwölf bis fünfzehn Stunden täglich. Abends eine Suppe und ein Glas Cognac – eine Ausnahme, die nur Ihnen erlaubt war –, das war alles, und schon ging es zurück an die Arbeit. Manchmal vergaßen Sie beim Malen, etwas zu trinken, sodass Sie wieder Wahnvorstellungen hatten. Sie warfen sich aufs Bett und standen tagelang nicht auf. Doch sobald Sie sich erholt hatten, gingen Sie frühmorgens hinaus, noch bevor die anderen erwachten. Sie malten jeden und alles innerhalb und außerhalb der Anstalt: Ärzte, Schwestern, Gärtner, Sterne, Olivenbäume, Maulbeerbäume, Bauern, Kranke, die Drucke, die Sie in Büchern fanden, und Totenkopfschwärmer.

Dann sah ich Sie plötzlich nicht mehr, hörte aus Ihrem Zimmer nicht mehr Ihre klagende Stimme und fand in der Waschküche auch keine neuen Bilder.

Ich befürchtete das Schlimmste, doch Trabuc, der Oberaufseher mit dem Schnauzbart und den breiten Schultern, erzählte uns, Sie seien entlassen worden: »Er ist freiwillig in die Anstalt gekommen und durfte gehen, wann immer er wollte.« Ich fragte ihn, ob Ihnen der Aufenthalt geholfen habe. Er sagte, es habe nichts genützt, für Ihre Krankheit gebe es kein Heilmittel, und hierzubleiben wäre sinnlos für Sie gewesen. Keiner wisse genau, was das für eine Krankheit sei.

Hier wird niemand wieder gesund.

Auch ich werde nicht wieder gesund. Zumal ich gar nicht hier bin, um gesund zu werden. Wie könnte ich? Was soll das in meinem Fall auch heißen, *gesund* werden? Eigentlich warten alle nur darauf, dass ich sterbe, und damit genug. Damit sie die Atteste und Akten vernichten können, die Gutachten und Diagnosen; damit Tarascon so tun kann, als wäre nichts gewesen; damit keine Spur von den Therapien mehr bleibt, die man mir verordnet hat, von den Arzneien, die ich eingenommen habe, von den Schröpfungen, die ich über mich ergehen lassen musste.

Die Wahrheit ist, dass die Ärzte nicht wissen, was wir haben. Sie verstehen nicht, was es ist, das uns zu dem macht, was wir sind. Sie können den Schmerz, der uns in den Wahnsinn getrieben hat, nicht begreifen.

Manche sagen, in Italien gebe es solche wie Frank nicht mehr, denn seine Krankheit komme nicht vom Kopf, sondern vom Bauch, sie sei keine teuflische Strafe, sondern eine Armeleutekrankheit, sie befalle Menschen, die nichts als Polenta essen. Es heißt, jetzt bekomme man diese Krankheit nicht mehr, es genüge, Apfelstückchen in die Polenta zu geben, um nicht zu erkranken. Das reiche schon, keine Anfälle mehr, keine Wahnvorstellungen, keine Pusteln auf der Haut.

Und so stelle ich mir vor, dass in hundert Jahren vielleicht keiner von uns mehr hier sein wird, dass wir alle frei sein werden, dass unsere Krankheit nach und nach als eine Krankheit wie jede andere betrachtet wird, doch dann packt mich wieder die Verzweiflung, weil das nicht gerecht ist, weil ich hier drinnen sterben werde.

Ein ganzes Jahr, und ich fand nicht den Mut, Sie anzusprechen. Wie oft stellte ich mir vor, Sie abends aufzuhalten, Ihre Hand zu nehmen und zu sagen *Ich bin's*. Ich bin Teresa. Dieses Gesicht, das Sie an nichts erinnert, gehört Teresa, und dieser Körper, dieser schmutzige Kittel, diese nackten Füße, die zurückweichen, wenn Sie sie anschauen. Ich bin das Mädchen, das Sie in Geel willkommen hieß, das Ihnen den Kaffee brachte und Ihnen Ihre erste Leinwand kaufte.

Doch ich sprach Sie nicht an.

Ich konnte es nicht.

Darum begann ich zu schreiben.

Mir blieben nur die Worte.

Zunächst brauchte ich Papier. Es gibt hier nur einen Ort, wo man Papier findet, das niemand braucht, das Anstaltsarchiv mit den Patientenkarteien. Wir werden hier drinnen bewacht, jeder unserer Schritte wird verfolgt. Anfangs begleitete mich Schwester Henriette sogar bis in die Waschküche, doch dann sah sie, dass ich nicht gefährlich bin und ich mir auch nichts antun will. Dienstags ist immer ein junger Pfleger im Schlafsaal, er heißt Leroy, und es kommt vor, dass er selbst fest einschläft. Mit dem Mut der Verzweiflung zog ich ihm eines Abends den Schlüssel aus der Tasche, öffnete die Tür zum Archiv und schlüpfte hinein. Ich sah dunkle Holzmöbel und öffnete einen der unteren Karteikästen. Es stieg so viel Staub auf, dass es wie Rauch aussah. Ich fand zahllose Gutachten über Patienten, die hier vor vielen Jahren eingesperrt waren.

Ich nahm mir einen Stapel, schlich zurück und versteckte das Papier in meinem Bett und unter den Dielen, wie es gerade kam. Je länger ich hier bin, desto einfältiger gebe ich mich, daher hält man mich für harmlos, und niemand kommt auf die Idee, ich könnte dem Pfleger Leroy einen Schlüssel aus der Tasche ziehen oder auch nur einen Satz zu Papier bringen.

Ich schreibe Ihnen nachts, wenn alle schlafen, immer nur ein kurzes Stück. Es ist nicht leicht, doch ich schaffe es. Nur einige Seiten pro Tag, aber ich komme voran. Vielleicht hat die eine oder andere Schwester es bemerkt, tut aber nichts, um mich davon abzuhalten. Vielleicht beobachten die Ärzte oder Trabuc mich auch und lesen diese Seiten heimlich.

Das ist mir verdammt egal.

Ich habe keine Angst davor, erwischt zu werden. Was könnte man mir schon antun, was man mir noch nicht angetan hat?

Ich las die Namen vieler Patienten, die hier eingewiesen wurden. Wer weiß, wer sie waren, was sie getan haben. Gern würde ich mich an alle ihre Namen erinnern. Ich habe sogar erwogen, sie für diesen Brief hier abzuschreiben. Nicht mehr von mir zu schreiben, sondern von ihnen und ihren Geschichten. Die Gründe, aus denen man sie nach Saint-Rémy gebracht hat, sind immer die gleichen: *Raserei, Unruhe, Besessenheit, Obsessionen, Gewalttätigkeit, Sodomie*.

Manchmal möchte ich dagegen nur vergessen. Ich wünschte, dieser Brief würde nie enden. Ich träume davon, immer wieder ins Archiv zu gehen und so lange weiterzuschreiben, bis kein Gutachten mehr übrig ist, bis ich sämtliche Karteien vernichtet habe und niemand mehr den Namen auch nur eines Verrückten kennt.

Ich wollte nicht, dass Sie mich wiedererkennen, Monsieur van Gogh. Heute bin ich ein ganz anderer Mensch, und es ist mir lieber, wenn Sie mich so in Erinnerung behalten, wie ich früher war. Dieser Brief soll bei Ihnen die schönen Bilder von damals heraufbeschwören, als ich noch ein Mädchen wie jedes andere war. Ich möchte für Sie dieses Mädchen bleiben, das Mädchen, mit dem Sie an der Nete spazieren gingen, das wenig Busen und breite Schultern hatte und lange, schwarze Haare. Das von der Begegnung mit Ihnen und in Ihrer Gegenwart ganz aufgewühlt war. Das noch davon träumte, zu heiraten und Kinder zu haben. Dabei kann ich gar nicht heiraten, Monsieur van Gogh. Ich kann auch keine Kinder bekommen. Mein Bauch ist missraten, kein Leben kann darin sein.

In Gedanken war ich immer bei Ihnen, Monsieur van Gogh. All die Jahre. Ich habe Sie mir als einen Maler vorgestellt, der mit seiner Palette durch die Welt zieht, der in Zeitschriften und in namhaften Galerien in den Städten zu finden ist. Ich habe Sie mir als einen reichen Mann vorgestellt. Habe davon geträumt, dass Sie eines Tages nach mir fragen würden. Dass Sie Ihren ganzen Einfluss geltend machen und Ihre Verbindungen nutzen würden, um herauszufinden, was aus Teresa Ohneruh geworden ist. Und nachdem Sie erfahren hätten, was mir geschehen ist, wären Sie entrüstet gewesen, wären mit einer Kutsche gekommen und hätten mich abgeholt, um mein Beschützer und mein Geliebter zu sein. Um mich von hier fortzubringen. Um mich nach Geel zurückzubringen.

Stattdessen geistern Sie durch diese Flure hier, mit der Leinwand unter dem Arm und einem abwesenden Blick, mit einem Verband um den Kopf und mit zittrigen Händen. Vielleicht warten auch Sie auf jemanden, der Sie fortbringt, auch Sie wurden besiegt.

Wir haben verloren, Monsieur van Gogh.

Ich hasse Sie.

Sie hätten Ihre Zeit mit mir besser verbringen können. Nie haben Sie hier Notiz von mir genommen.

Ich habe Sie nicht angesprochen, habe Sie auf der Treppe, im Garten, im Speisesaal nicht aufgehalten. Das nicht, doch ich bin immer noch eine Frau. Ich hoffte, Sie würden mich erkennen. Sie sind es, der mir hätte sagen müssen, dass ich noch immer dieselbe bin, dass ich unverwechselbar bin, dass ich Teresa bin.

Hier kennt niemand meinen richtigen Namen. Er ist ein Geheimnis, das nur Sie hätten lüften können. Doch Sie haben es nicht getan. Wie viele Nächte habe ich gebetet, Sie mögen zu mir kommen, mich beim Namen nennen, mich in Ihre Arme schließen und mich bitten, mit Ihnen zu gehen, irgendwohin zu fliehen und wieder loszuwandern, ohne ein Ziel.

Nach Geel zurückzukehren. Das wäre schön gewesen.

Doch Sie haben mich nicht erkannt.

Wir sind nun wie zwei Fremde füreinander.

Ich existiere nicht mehr, nicht einmal mehr für Sie.

Das war meine letzte Hoffnung, sie hat sich in Luft aufgelöst.

Und wenn Sie mich nun doch erkannt haben?

Womöglich haben Sie absichtlich so getan, als würden Sie mich nicht kennen. Wollten keine Zeit verschwenden, wollten nichts, was Ihrer sogenannten Kunst im Wege stehen könnte.

Oder empfanden Sie vielleicht Abscheu vor mir, so erbärmlich, wie ich bin?

Es gab nichts Schöneres für mich, als in die Waschküche zu gehen. Ich fieberte dem Tagesanbruch entgegen und wartete auf den ersten Lichtschimmer. Die Schwestern wunderten sich über meinen Eifer. Ich hielt nicht einmal die Sonntagsruhe ein und wollte die Arbeit auch mit niemandem teilen. »Um die Wäsche kümmere ich mich!«, verkündete ich. »Schmutzige Unterhosen? Was für ein Glückstag!«, »Verdreckte Zwangsjacken? Meine Lieblingsbeschäftigung!«, »Putzlappen? Je sauberer sie sind, desto besser!«.

Die Schwestern hatten ja keine Ahnung!

Viele Stunden verbrachte ich in diesem Raum und betrachtete jedes einzelne Bild. Sie können sich meine

Freude nicht vorstellen, wenn ein neues dazukam. Als ich zum Beispiel das Porträt des Doktors entdeckte oder das des Gärtners. Als ich mich in dem Krankensaal suchte, den Sie gemalt hatten, oder mich in dem kränklichen, grün-rosa Lächeln einer Azalee wiederfand, als ich die kleine Allee der Anstalt sah, die Mandelblüten, die Säulen der Vorhalle, und erst recht, als Sie mich mit sich hinausnahmen, zu den knorrigen Olivenbäumen, zu den Straßenarbeitern, ins Unterholz und wieder auf die Felder, wie damals, wie in unserem Kempenland.

Nur dass heute Morgen, als ich wie üblich herunterkam, die Bilder nicht mehr da waren.

Haben Sie sie mitgenommen?

Hat man sie weggeworfen?

Sie wollen wissen, warum ich hier bin?

Vielleicht grübeln Sie nun darüber nach, wie es sein kann, dass Sie mich nicht erkannt haben. Sie lassen alle Gesichter Revue passieren und fragen sich: »Aber wo war Teresa? Ich erinnere mich an sie, aber doch nicht in Saint-Rémy …«

Nur so viel: Als Doktor Tarascon vor einigen Jahren erkannte, dass er sich auf der ganzen Linie geirrt hatte, dass er einen kolossalen Fehler begangen hatte, verlegte man mich aus der Irrenanstalt von Paris hierher. Er ließ mich aus Paris fortschaffen, so weit weg wie irgend möglich. Nach Geel konnte er mich nicht zurückschicken, sein Ruf stand auf dem Spiel, und so beschloss er, mich hier einzuweisen, im Süden Frankreichs. Das konnte jemandem wie mir nur guttun, jemandem, dem nur noch wenige Jahre zu leben bleiben. Hat es Ihnen nicht auch gutgetan? Hier im Süden ist die Sonne glühend heiß. Hier ist immer schönes Wetter. Die Verpflegung lässt zwar zu wünschen übrig, und die Kolonialwaren schmecken oft schimmlig. Doch wozu sich beklagen?

Vielleicht, Monsieur van Gogh, denken Sie nun auch, was alle denken, dass nämlich der Wahnsinn schicksalhaft von der Mutter auf die Tochter übergeht. Vielleicht denken Sie, mein Los sei eben das Los aller Frauen der Familie Ohneruh, ein Ende im Irrenhaus von Paris. Zum Teil stimmt das auch.

Der Unterschied ist, dass ich nicht wie meine Mutter in der Salpêtrière war. Ich war in Bicêtre, dem Irrenhaus für Männer.

Tarascons Sprechzimmer im fünften Stockwerk der Anstalt war immer eiskalt. Der Doktor rauchte Pfeife und ließ die Fenster offen, weil es ihn störte, wenn dieser Geruch sich festsetzte. Ich stand vor einem kleinen Tisch, in einem dünnen Leinenanzug, und starrte in die Petroleumlampe, bis sich ihr Licht in meine Augen gefressen hatte. Am liebsten hätte ich meine Hand in die Flamme gehalten, mich verbrannt, mir Schmerz zugefügt, gespürt, dass dieser Körper noch da war. Doch meine Hände waren gefesselt.

Der Assistent begann stets mit derselben Frage: »Wie heißen Sie?«

»Teresa Ohneruh.«

Er warf Tarascon einen Blick zu.

»Versuchen wir es noch einmal«, sagte der Professor.

»Wie heißen Sie?«

»Teresa Ohneruh.«

»Weiter«, sagte Tarascon mit einer ausladenden Handbewegung. Das Ticken einer Pendeluhr war zu hören.

»Sind Sie ein Mann oder eine Frau?«

»Eine Frau.«

»Gefallen Ihnen Frauen?«

»Nein, mir ist die Gesellschaft von Männern lieber.«

»Nicht wahr, Sie wissen doch, dass Sie uns keine Wahl lassen, wenn Sie weiter auf diese Weise antworten?«, sagte der Assistent.

»Ich weiß.«

Da nahm Tarascon eine Lederkappe aus dem Schreibtisch. »Du bist wirklich schwer von Begriff, du gibst die falschen Antworten, und dann wird es dir wieder schlecht gehen. Wenn du stattdessen richtig antwortest, bekommst du eine doppelte Portion Suppe«, sagte er zu mir, wobei er pausenlos auf und ab ging. »Warum sträubst du dich so? Du machst mich noch wahnsinnig! Du und ich, wir könnten

Großes zusammen bewirken, wir könnten berühmt werden, wenn du nur mitarbeiten würdest ...«

Anfangs wand ich mich und versuchte, mich zu befreien. Ich biss. Ich trat um mich. Doch bald hörte ich damit auf. Ich fügte mich. »Du hast mich schon in den Wahnsinn getrieben! Verflucht sei der Tag, an dem ich versucht habe, dich zu heilen, anstatt dich in diesem gottverlassenen Nest deinem Schicksal zu überlassen«, sagte Tarascon schließlich jedes Mal und winkte mit der Lederkappe den Assistenten heran. Die Haut an meinen Armen spannte sich. Sie war nun wie ein Schildkrötenpanzer.

Sie setzten mir die Kappe auf.

Sie zogen den Riemen unter meinem Kinn fest.

Ich konnte nicht mehr sprechen.

»Schaffen Sie ihn fort. Bringen Sie ihn ein bisschen auf Touren. Früher oder später wird er schon aufgeben. Das ist nur eine Frage der Zeit.«

Bicêtre war ein sehr düsterer, schauriger Ort.

Die Kranken waren abgezehrt und fieberbleich, entkräftet und vorzeitig gealtert. In einem niedrigen, engen Gang befand sich eine Reihe von Zellen. In jeder war ein Kranker in einem groben, schmutzigen Kittel. Ich ging weiter. Setzte meine nackten Füße auf den glitschigen Boden und tastete mich mit den Händen an der Wand entlang.

Am schlimmsten war der Blick in den Raum. Wenn ich das Gesicht dessen sah, der vor mir dran gewesen war. Es war wie eine rote Maske. Überall Blut, und der Körper hing schlaff und leblos in den Armen der Pfleger: der Kadaver eines Tieres.

Der Stuhl befand sich in der Mitte des Raumes, erhöht über dem Boden und mit einer Eisenkette an der Decke befestigt. Ständig war ein Quietschen zu hören, eindringlich und endlos, weil der Stuhl nie vollkommen stillstand.

»Guten Abend, junger Mann«, sagte eine Stimme.

Nun ließen mich die Pfleger mithilfe eines Trittbretts aufsteigen, weil ich für einen Mann eigentlich zu klein war, und stießen es weg, sobald ich saß. Unter meinem Gewicht begann der Stuhl stärker zu schwanken. Diese Bewegung verursachte mir sogleich Übelkeit, noch bevor der Mechanismus eingeschaltet war. Sie banden mir die Hände mit weiteren Lederriemen an den Armlehnen fest und fesselten meine Beine mit einer größeren Schlinge unter dem Sitz. Dann zogen sie die Riemen noch einmal kräftig fest, damit ich nicht herunterfiel, und gaben dem Assistenten des Professors, der die Aufgabe hatte, mich auch hierher zu begleiten, ein Zeichen.

Der Mechanismus wurde in Gang gesetzt.

Der Stuhl begann zu schwanken, vor und zurück, nach rechts und nach links. Schneller und schneller. Mir war, als stürzte ich in die Tiefe und ertrank, ich sah nur noch ein mattes Licht, weit weg, mein Magen schien mir in die Schläfen zu steigen, mein ganzer Körper schmeckte säuerlich, und meine Eingeweide schienen zu bersten, die Riemen verletzten mich, wenn sie nicht gut festgezurrt waren, ich hustete, meine Nase brannte, und im Mund hatte ich einen Geschmack von Eisen.

Ich begann zu spucken, und schon bald spürte ich nichts mehr.

Es ging mir gut. Ich spürte nichts mehr.

Es ging mir gut.

Hier in Saint-Rémy geht es mir besser als in Bicêtre.

Man ist freundlich hier. Doktor Peyron, Schwester Henriette. Niemand fragt mich mehr, wer ich bin. Sie übergießen mich höchstens mit eiskaltem Wasser, wenn ich nachts gegen die unerwünschten Annäherungsversuche irgendeines Insassen rebelliere. Sie tun mir nicht weh. Hier sieht man die Berge, Iris, Mohn, und alles ist in ein Licht getaucht, das es im Norden nicht gibt. Ein glückliches Licht.

Hier in Saint-Rémy geht es mir aber auch schlechter als in Bicêtre, denn ich bin nicht hier, um gesund zu werden.

Wie viele Briefe habe ich nicht schon geschrieben, Monsieur van Gogh.

Wie viele, vor diesem hier?

An Icarus, an Doktor Shepper, an die Vanheims. Ich wollte zurück nach Geel. Ich schrieb lange, flehentliche Briefe und versuchte, sie zur Post zu bringen, sie jemandem anzuvertrauen. Ich gab sie den Pflegern oder den Schwestern. Ich bat sie auf Knien. Doch ich glaube nicht, dass je einer dieser Briefe zugestellt wurde.

Dann hörte ich damit auf. Ich schämte mich zu sehr.

Ich möchte nicht, dass irgendwer mich so sieht.

Ich möchte nicht, dass irgendwer erfährt, was mir zugestoßen ist.

Ich möchte so schnell wie möglich im Erdboden versinken.

Wer hat das so bestimmt, Monsieur van Gogh?

Hat Gott das alles so bestimmt?

Oder Doktor Tarascon?

Wer ist so niederträchtig?

Bin ich selbst schuld? Was habe ich Böses getan?

Mein ärztliches Gutachten kenne ich auswendig. Niemand in Geel hat es gelesen, außer den Vanheims und Doktor Shepper. Sie sorgten dafür, dass nichts durchsickerte, dass niemand etwas erfuhr, es war doch *so peinlich*, weshalb sie mich bereitwillig in Doktor Tarascons Obhut gaben, sie unterschrieben die Papiere, ohne sie auch nur gelesen zu haben, damit mein Name für immer verschwand und kein Mensch ihn je wieder aussprach.

Tarascon setzte mich in die erstbeste Kutsche und brachte mich fort.

Teresa wurde nach ihrer Geburt am 27. September 1864 standesamtlich als eine Person weiblichen Geschlechts registriert. Nach Inaugenscheinnahme der Geschlechtsorgane und einer gründlichen Untersuchung durch Abtasten stellte ich jedoch die Abwegigkeit dieses amtlichen Zeugnisses fest.

Der Bereich über dem Schambein der Patientin ist mit schwarzem, lockigem Flaum bedeckt. Bei Öffnung der Oberschenkel wird eine Longitudinalspalte sichtbar, die sich bis zum After erstreckt. Erkennbar ist jedoch auch eine kleine Extremität mit einer Länge von drei bis vier Zentimetern, gemessen vom Ansatz bis zu ihrem freien Ende, die nach Beschaffenheit und Größe keine Klitoris sein kann und ohne jeden Zweifel penisartig ist. Nach längerem Abtasten neigt sie tatsächlich dazu, steif zu werden und anzuschwellen. Gleichwohl befinden sich zu beiden Seiten der Spalte zwei behaarte große Schamlippen. Durch Tasten entdeckte ich links einen kleinen, eiförmigen Körperteil, der mit einem Samenleiter verbunden ist. Es handelt sich fraglos um einen Hoden, der sich nicht ganz abgesenkt hat. Einen Zentimeter unter dem Penis befindet sich der Ausgang einer typisch weiblichen Harnröhre. Darunter liegt die Öffnung eines weiteren Kanals von etwa sieben Zentimetern Länge und etwa zwei Zentimetern Breite. Es handelt sich um einen Vaginalgang. In diesen führte ich persönlich einen Finger ein und ertastete Scheidenwände, die jedoch nicht zu einem Gebärmutterhals führten. Ein solcher scheint nicht vorhanden zu sein. Ich stellte eine leichte Blutung fest, die ich ausschließlich auf das Eindringen meines Fingers zurückführe. Es ist bekannt, dass nie eine Menstruation aufgetreten ist. Die Patientin – oder besser: der Patient – weist folglich sowohl männliche als auch weibliche

Geschlechtsmerkmale auf. Ich schlussfolgere daraus, dass wir es hier mit einem hermaphroditischen Individuum zu tun haben, das beim Koitus theoretisch gleichermaßen die Rolle beider Geschlechter einnehmen könnte, die die Natur in männlich und weiblich unterteilt hat. Es besteht jedoch kein Zweifel daran, dass es in beiden Fällen unfruchtbar ist, auch wenn die derzeit noch nicht aufgetretene Produktion von Samenflüssigkeit nicht ausgeschlossen werden kann. Der männliche Teil ist eindeutig der dominierende, obwohl der Patient stets als Frau angesehen wurde, ein Umstand, der seine Entwicklung zweifellos gehemmt hat. Auf jeden Fall hat die Missbildung der Geschlechtsorgane zu einer Störung des Gefühlslebens und der sittlichen Neigungen des Patienten geführt, da er sich offenbar zu Personen männlichen Geschlechts hingezogen fühlt. Folglich ist es notwendig, ärztliche Schritte und gegebenenfalls chirurgische Eingriffe durch eine Therapie der Umerziehung zu ergänzen, damit der Patient zu seinem natürlichen Gleichgewicht zurückfindet.

Ich beantrage daher beim Herrn Gesundheitsminister die Vormundschaft über den Patienten, verbunden mit der Erlaubnis, mich seiner anzunehmen, solange die Wissenschaft dies erfordert.

Mein Name ist Thierry Savel, ich bin vor Kurzem sechsundzwanzig Jahre alt geworden, doch geboren bin ich erst vor zehn Jahren.

Wissen Sie, wie oft ich diesen Satz in meinem Brief schon geschrieben habe? Mindestens ein Dutzend Mal. Und jedes Mal radierte ich ihn wieder aus. Immer wieder nahm ich einen Anlauf, es Ihnen zu schreiben.

Doch als ich Ihre Bilder sah, flammte etwas in mir auf. Ich bin Teresa, nicht Thierry. Ich weiß, wer ich bin. Und Sie wissen es auch.

Können Sie mich lieben, Monsieur van Gogh?

Wer immer ich auch bin, ich fühle eine tiefe Verbundenheit mit Ihnen.

Es war eine Art Tragbahre.

Doktor Tarascon ließ sie nach der Hälfte des Vortrags in den Hörsaal bringen. Ein gelungener Knalleffekt, das muss man schon sagen. Und er wusste das. Bevor er zu reden begann, malte er sich die erstaunten Blicke auf mich aus, die Komplimente und die Glückwünsche, die er erhalten würde. Er erklärte, mein Fall sei einzigartig in der Welt, jemand habe bei meinem Eintrag ins Einwohnerregister einen Fehler gemacht, doch er, Tarascon, gebe nicht auf – in *meinem Interesse*, zu *meinem Wohl*. Ich war zweigeschlechtig, Monsieur van Gogh. Beide Organe vorhanden, beide klein, schwach entwickelt, hässlich anzuschauen und *beinahe* funktionstüchtig. Allerdings eben zwei, so Tarascon. Und für ihn dominierte die männliche Seite. Meine späte Entwicklung, das Fehlen einiger weiblicher Attribute und einige leichte Beschwerden, über die ich klagte – all das hing damit zusammen. Das war eindeutig, sonnenklar, *wissenschaftlich belegt*. Er erläuterte es anhand von Theorien, Messungen, Vergleichen und Experimenten, er zitierte Bücher und namhafte Professoren.

Es sei eine Laune der Natur, was mir da widerfahren sei. Doch zum Glück sei ja er gekommen, um alles wieder in Ordnung zu bringen. Er müsse nur mein Vorleben auslöschen, das, was ich gewesen war, um mich schließlich *ich selbst* werden zu lassen.

Auf dem Höhepunkt seines Vortrags läutete Tarascon eine Glocke. Ich stieg auf einen schwarzen Stuhl, und zwei Männer trugen mich auf den Schultern in den Saal, jedes Mal. Sie setzten mich auf dem Katheder ab und verschwanden. Der Professor schaute seine Zuhörer an, redete noch eine Weile und gab mir dann ein Zeichen.

Ich musste die Beine spreizen und sie auf zwei Stützen legen.

Die Studenten waren vorbereitet, einige hatten Operngläser dabei, andere machten sich wie wild Notizen, jedes Mal gab es ein großes Aufsehen und hin und wieder auch Gelächter. Mit der Zeit war Tarascon auf die Idee verfallen, eine große Lupe genau auf die besagte Stelle zu richten, damit man besser sehen konnte, auch das kleinste Detail.

Er berichtete von den Therapien, denen er mich unterzog, um mich vergessen zu lassen, wer ich gewesen war, um mir begreiflich zu machen, wer ich war, und mir schließlich zu meinem Gleichgewicht und zu meinem Glück zu verhelfen.

Das Problem sei das Bewusstsein.

Wenn selbst die Natur Verwirrung stiftete, müsse der Mensch eingreifen und wieder für Ordnung sorgen. Die Natur mache Fehler, sie wisse nicht, was richtig und was falsch sei, was sittlich sei und was nicht. Diese Aufgabe komme dem Menschen zu. Daher müsse man meine Vergangenheit eliminieren. Das sei ein titanisches Unterfangen, doch es würde der medizinischen Wissenschaft große Perspektiven eröffnen. Wenn ein Mann davon ablassen könne, eine Frau zu sein, könne auch ein Geisteskranker seinen Wahnsinn vergessen, könne ein Trauma für immer aus der Welt geschafft und ein Schmerz ausgelöscht werden. Jeder könne der sein, der er sein sollte.

Tarascon nahm den Beifall entgegen und erteilte den Studenten die Erlaubnis, näher zu treten, mich zu untersuchen, Fragen zu stellen und mich zu betasten.

Wenn sie kamen, bedeckte ich meine Augen. Ich war splitternackt, doch ich bedeckte meine Augen.

Ich kann nicht mehr.

Seit Tagen kann ich nicht mehr schreiben.

Ich fühle mich miserabel.

Ich fühle mich leer.

Ich muss lachen.

Die Schwestern beobachten mich. Vielleicht haben sie mich durchschaut. Sie tragen Röcke, die Schwestern. Und Schleier. Sie sind Frauen.

Wer weiß, was sie mit mir machen werden.

Ich muss lachen.

Noch eine Szene aus Geel, Monsieur van Gogh.

Der Platz ist menschenleer, es ist fast Morgen, ein sanfter Wind verweht die Blätter, als wollte der Frühling unmittelbar in den Herbst übergehen, Vikar Torsten steht an der Kirchtür und wundert sich, als er mich erkennt, rührt sich aber nicht vom Fleck, er sagt nichts und winkt mir zu, er weiß nicht, dass ich für immer fortgehe. Ich steige in die Kutsche, Tarascon folgt mir und schließt die Tür. Violetter Samt, weich. Die Dorfbewohner sind in ihren Häusern, niemand ahnt, was hier vor sich geht, aber vielleicht haben sie auch Angst, haben sie begriffen, dass da etwas Merkwürdiges geschieht. »Wie kommt es, dass sie so schnell abreist?«, mag sich der eine oder andere gefragt haben. Die Pferde preschen im Galopp los. Häuser ziehen vorbei, Mauern, Pappeln. Alles ist grün und gelb, eine Mischung aus Korn und Heideland.

Plötzlich ist mir, als sähe ich hinter uns in der Ferne – es ist nur ein Fleck, doch ich sehe ihn genau – die Umrisse eines Velozipeds, das der Kutsche folgt, ich sehe es im Spiegel der Fensterscheibe, drehe mich aber nicht um. Das Veloziped fällt zurück. Die Kutsche ist schneller. Zu schnell. Das Veloziped ist nicht mehr zu sehen.

Wir sind nicht mehr in Geel.

Ich heiße Teresa Ohneruh, und ich kann die Zukunft vorhersagen.

Ich kann jedermanns Zukunft vorhersagen, nur meine eigene nicht.

Meine Mutter verrät sie mir nicht.

Sie verrät sie mir nicht, weil sie düster ist.

Tarascon hat alles ausprobiert. Fingerhut, Kaliumbromid, Handfesseln und Ledermanschetten, Halsbänder mit scharfen Dornen unter dem Kinn, Weidensärge, Aderlässe und Abführmittel, Laudanum, Elektroschocks und Hypnose. Doch es hat nichts genützt.

Es hat nichts genützt.

Nach drei schlimmen Jahren, die ich in Bicêtre verbracht hatte, gab Tarascon auf. Mag sein, dass ihm Bedenken gekommen waren. Er sah ein, dass meine männliche Seite nicht dazu bestimmt war, zu dominieren, dass vielleicht einige Schnitte und Nähte genügt hätten, um mich zu der Frau zu machen, die ich eigentlich war. Tarascon hatte Angst.

Deshalb schickte er mich nach Saint-Rémy.

Meine Haare fielen alle auf einmal zu Boden.

Mein schönes Haar, das ich für Sie gekämmt hatte, schwarz, dicht und fein wie Seidenfäden.

Ein Schnitt mit der Schere genügte, ein glatter Schnitt, und es fiel zu Boden wie Regen. Lautlos. Ich drehte mich nicht um.

»Mein lieber Thierry, heute haben wir eine Überraschung für dich!«, flüsterte Tarascon mir zu. »Komm herein!«, sagte er laut, und ein Mädchen erschien im Zimmer.

»Gefällt sie dir? Und sag nicht, die Medizin, die ich dir verabreiche, sei bitter!«

Das Mädchen trat näher. »Zieh dich aus«, befahl er ihr. Das Mädchen drehte sich um und begann sich zu entkleiden. Sie war blutjung, mit goldbraunem, lockigem Haar. Ich habe nie erfahren, wie sie heißt. Sie arbeitete am Pigalle und hatte Ärger mit der Polizei, soweit ich gehört habe. Ich glaube, Tarascon erpresste sie, doch sie war wahrlich nicht die einzige Prostituierte, die von irgendeinem Arzt in die Anstalt bestellt wurde, zur Behandlung der Sodomiten, der Impotenten oder der Patienten mit anderen sexuellen Störungen. Sie schämte sich vor mir. Daher zögerte sie, sich auszuziehen. Vielleicht aber auch, weil eine Eiseskälte durch das offene Fenster hereindrang.

»Du bist ein Mann, Thierry. Wenn du sie berührst, wird dir das gefallen, du wirst schon sehen. Nur zu. Alles wird gut. Am Ende wirst du dich wohlfühlen.«

Ich rührte mich nicht von meinem Stuhl.

»Dann komm du her«, befahl Tarascon nun dem Mädchen. Sie gehorchte. Sie hatte sehr kleine Füße. Ich sah sie verlegen an, so wie ich Joëlle angesehen hätte.

»Küss ihn«, kommandierte Tarascon, und der Blick des Mädchens schien mich um Verzeihung zu bitten. Dann spürte ich eine kalte Berührung auf meinen Lippen. »Fass ihn an!« Das Mädchen legte mir eine Hand auf die Brust, ohne Feuer, ohne Leidenschaft, und glitt langsam tiefer.

Doch nichts geschah.

~

Ich kann nicht mehr, Monsieur van Gogh.

Es war falsch von mir, mit dem Schreiben anzufangen.

Ich habe mich verausgabt.

Ich habe mich zugrunde gerichtet.

Ich bin eine *Besessene* geworden.

Zwei, drei Seiten am Tag.

Dann zerreiße ich sie.

Und Sie, Monsieur van Gogh, wer sind Sie?

Warum habe ich Ihren Namen auf diesen Seiten gefunden?

Habe ich Sie je kennengelernt?

Das hier scheint wirklich meine Schrift zu sein.

~

Ich bin hier mit meiner Mutter, die Sie grüßen lässt. Kennen Sie meinen Vater, den Doktor Shepper? Wir sitzen alle drei an der Nete. Es ist ein strahlender Tag. Doktor Tarascon schwimmt gerade zusammen mit großen Hechten. Hin und wieder verschlingt er einen von ihnen. Hinter uns ist die Kirche der heiligen Dymphna. Monsieur Zoek und Edwin liegen sich in den Armen. Eine sonderbare Musik erklingt, die mich nervös macht. Meine Mutter spricht lächelnd mit mir. Immer redet sie zu viel. Wie unangenehm! Sie besteht darauf, dass ich irgendeinen Icarus heirate. Dabei sind Sie es, Monsieur van Gogh, der mir gefällt. Meine Mutter sagt, sie habe mich auf die bestmögliche Art gemacht, um mir alle Wege offenzuhalten, ich könne selbst entscheiden, ob ich ein Mann oder eine Frau sein will, Bräutigam oder Braut. Was für ein Glück! Ich könne ausprobieren, was besser sei, sagt sie mit einem Lächeln. Ich kann mein Geschlecht wechseln. Ich bin ein Chamäleon. Ich sage ihr, ich wolle ein Mann sein. Frauen seien schwächer. Frauen würden schreckliche Dinge widerfahren. Ich bin unter der Erde, in einer Kohlengrube. Ich bekomme keine Luft mehr. Dann trete ich Hesters Gesicht mit Füßen, aber ich sehe, dass sie es gar nicht ist. Es ist Madame Vanheim, ihr Mund ist voller Münzen, die wie Ameisen wimmeln. Es sind Tausende. Heute Nacht werde ich aus meinem Bett aufstehen, Monsieur Zandmennik wird froh sein, dass ich fortgehe. Ich will Maler werden, Monsieur van Gogh. Ich bin sechsundzwanzig Jahre alt und fühle mich wie ein Versager. Ich war Prediger, doch es ist nicht leicht, an Wunder zu glauben. Wie stellt man es an, die Hoffnung nicht aufzugeben? Ich werde auf einer Leiter in den Himmel hinaufsteigen und dem Regenbogen die Farben stehlen. Ich spüre den angenehmen Duft von Seife. Ich wasche mich in einem Bottich. Mir ist heiß. Ich spüre den

Geschmack von Eisen, von Blut. Da ist ein Kind mit roten Haaren, das aus meinem Bauch drängt. Ich wünsche mir dieses Leben, das in mir wächst, über alles, auch wenn ich nichts habe, was ich ihm geben könnte. Der Gedanke, dass es bereits in meinem Bauch Haare hat, verstört mich. Aber es ist mein Kind. Ich bin glücklich. Es ist sehr windig. Es herrscht ein unglaublicher Wind, Monsieur van Gogh. Er kommt durchs Fenster. Ich bin glücklich.

Ich habe diese Seiten hier gefunden. Ich weiß nicht, von wem sie sind. Sie steckten unter meiner Matratze, waren aber ungeschickt verborgen, jeder hätte sie sehen können. Ich habe sie gelesen. Sie sind kurios, ja lächerlich. Das Lesen fällt mir schwer. Nach dem Abendessen, wenn ich die Milch getrunken habe, die die Pfleger mir geben, trübt sich mein Blick. Offenbar ist es die Geschichte eines Mädchens. Eine Kranke, die vor mir in diesem Bett geschlafen hat, muss diese Seiten vergessen haben. Doch in diesem Teil der Anstalt sind keine Frauen. Sonderbar. Vielleicht gab es hier früher welche. Ich werde die Seiten den Schwestern geben. Die Schwestern haben mich gern. Vor allem Schwester Henriette.

Ich muss Ihnen ein Geheimnis anvertrauen, Monsieur van Gogh. Sie müssen mir aber versprechen, es niemandem zu verraten. Versprochen? Ich muss Ihnen vertrauen, eine andere Wahl bleibt mir nicht. Die Verrückten hier sind nicht wirklich verrückt. Es ist nur ein Trick. Eine Tarnung. Wir sind eine Armee, die im Begriff ist, Frankreich zu besetzen, Bicêtre einzunehmen, zu stürmen, und alle zu töten, alle, wir sammeln uns hier, damit uns niemand entdeckt. Wir treffen uns jeden Abend, beim Essen. Es gibt Probleme mit den Uniformen, wir haben Schwierigkeiten, genug Stoff zu bekommen, um sie alle einheitlich zu machen. Wissen Sie vielleicht, wo man Stoff kaufen kann? Wir brauchen mindestens fünfhundert Meter. Das ist wirklich das Mindeste.

Das Ohr schnitt ab sich der rote Tor
Und kommt sich im Spiegel ganz trefflich vor
Dann gleitet die Schere tiefer im Nu
Fou roux, fou roux, fou roux.

Der rote Tor schneidet ab sich die Hände
Und wirft sie den Hunden zum Fraß vor am Ende
Die Schere kommt nun ganz zur Ruh
Fou roux, fou roux, fou roux.

Schwarze Krähen.

Nur drei Farben sind mir geblieben. Gelb, Schwarz und Blau.

Nichts weiter.

Eine lange Pistole, ich halte sie in der Hand, schnüffle an ihr, wende sie hin und her, führe sie an die Stirn, atme tief ein und höre einen Schuss. Ich weiß, was passiert ist. Meine

Mutter hat es mir erzählt. Sie sind heute gestorben, Monsieur van Gogh. Sie hatten Blut verloren, blieben aber am Leben. Sie liefen mit der Kugel im Leib einige Tage umher, fingen wieder an zu malen, zu sprechen, und schienen bei klarem Bewusstsein zu sein, ohne Wahnvorstellungen. Sie hatten die Pistole der Anstalt benutzt. Sie wird unter Verschluss gehalten und ist nur für den Notfall gedacht. Doch der Pfleger Leroy, der dienstags kommt, schläft ja immer ein. In Saint-Rémy hatte man die Pistole nur ein einziges Mal benutzt, damals, als ein Patient den Oberaufseher Trabuc würgte. Ich drehe sie auf der Zunge hin und her, bevor ich abdrücke. Man hat Sie in der Nähe des weißen Grabmals der heiligen Dymphna beigesetzt. Sie ruhen nun in der Erde der Farben. Sie werden der Erde ihre Farben zurückgeben. Ich folge Ihnen bald nach, Monsieur van Gogh. Warten Sie auf mich.

Mein Herr und Gott, ich rufe dich,
bitte heile du auch mich!
Kannst du Heilung mir nicht geben,
so lass mich doch ohne Schmerzen leben.

Heilige Dymphna, setz dich für uns ein,
arme Narren, Brüder dein!
Du, die du weißt, was Wahnsinn ist,
nimm fort ihn, wenn du uns gnädig bist.

Du, die du weißt, was Wahnsinn ist,
nimm fort ihn, wenn du uns gnädig bist.

Heute Nacht hatte ich einen Traum.

Von einer weißen Spukgestalt, einer Frau. Sie sah mir ähnlich. Sie umarmte mich. Diese Umarmung war anders als alle Umarmungen, die ich sonst in meinem Leben gespürt habe. Die Frau nahm mich bei der Hand, und wir machten uns auf den Weg. Sie begann zu singen, mit geschlossenen Augen. Es war ein Kinderreim, ein merkwürdiger Kinderreim, doch ohne Schimpfwörter. Nein, keine Sorge, Schwester Henriette, nichts Anstößiges. Ich sage keine Schimpfwörter mehr. Keine Sorge, Schwester, ich bin sanft wie ein Lamm

Darf ich Ihnen diesen Reim aufsagen? Bitte. Ich mag ihn.

Wie er beginnt, weiß ich nicht.

Doch ich weiß, wie er endet.

Das weiß ich genau.

Gelb, ja Gelb, ich weiß es nicht
Ob ich wiederseh dein Licht
Doch falls nicht und unterdessen
Werde ich dich nie vergessen

Werde ich dich nie vergessen.

Der Erste, der mir von Geel erzählte, diesem Ort in Belgien, in dem Geisteskranke seit dem Mittelalter mit den anderen Einwohnern zusammenleben, ohne isoliert und weggesperrt zu werden, war der mit mir befreundete Fotograf Paolo Della Corte. Das war gegen Ende des Jahres 2007, und seither geisterte Geel in meinem Kopf herum. Viele Geschichten rankten sich um diesen Ort, und Geel selbst war eine Geschichte, die erzählt werden wollte, eine Art »Spoon River«. Ich stellte fest, dass kaum jemand sie kannte (bei Foucault ist sie nur beiläufig erwähnt), und so wuchs in mir der Wunsch, sie mir zu eigen zu machen. Im Laufe meiner Recherchen konzentrierte ich mich unwillkürlich auf die zweite Hälfte des 19. Jahrhunderts, auf die Zeit also, in der die Hospitalisierung der Kranken (und von Menschen, die irrtümlich dafür gehalten wurden) einen grausamen Höhepunkt erreichte und in der Geel eine auch heute noch unglaubliche Ausnahme war.

Auf Vincent van Gogh stieß ich Ende 2008.

Er kam für mich wie ein Blitz aus heiterem Himmel. Das war, als mir klar wurde, dass er bis zu seinem siebenundzwanzigsten Lebensjahr – dem Alter, in dem ich damals selbst ungefähr war – noch nicht ein Bild gemalt hatte, er lebte noch nicht in seinen Farben, er war noch ein ganz anderer Mensch. Ich lernte ihn als einen schüchternen, stolzen, jungen Mann kennen, egoistisch und nachdenklich, der Gott suchte, ihn aber nicht fand, der auch seine eigene Bestimmung suchte, sie aber nicht fand. Ich sah ihn als jemanden, der mir und meinen Freunden ähnelte, als jemanden, der Angst hat, der Zukunft nicht gewachsen zu sein.

Doch vor allem fragte ich mich, was in jenem einen Jahr zwischen dem 14. August 1879 und dem 22. Juni 1880 geschehen war, in dem van Gogh keinen einzigen Brief geschrieben hatte. Über dieses Jahr weiß man nichts, außer dass er nicht länger als Prediger arbeitete und lange Wanderungen durch Belgien unternahm. Mich erstaunte, dass die Biografen sich nicht für das »Wunder« interessierten, das ihn ohne Kunstakademien und Lehrer in einen Maler verwandelt hatte. Für mich war es spannend, diesen Lebensabschnitt van Goghs nachzuzeichnen: die ersten Gemälde, seine Pilgerfahrt hin zu den Farben.

Für mich war klar, dass er durch Geel gekommen und dort zum Maler geworden war.

Van Gogh erwähnt Geel und die Absicht seines Vaters, ihn dorthin zu schicken, in einigen Briefen an seinen Bruder Theo zwischen November 1881 und Juli 1882. Er schreibt nicht, dass er dort war, und scheint die Aussicht, dorthin zu müssen, gehasst zu haben, doch das ist nur zu verständlich. Denn dort hat er erfahren, was Wahnsinn ist und dass Wahnsinn sein Schicksal sein könnte. Es ist nicht weiter verwunderlich, dass er dem entgehen wollte.

In diesem Buch sind Bilder und Worte van Goghs enthalten. Die erste Skizze, die Teresa in dem Brief findet, den sie Vincent heimlich entwendet, bezieht sich auf die Zeichnung *Vollkommen Winter, auch im Leben* aus dem Jahr 1877. Sie befindet sich in einer Privatsammlung. Dieser Brief und die Worte van Goghs stammen überwiegend von ihm selbst, einige seiner Formulierungen habe ich auch Icarus und Teresa in den Mund gelegt. Insbesondere beziehe ich mich auf die Briefe an Theo vom 16. April 1879, vom 14. August 1879, vom 22.–24. Juni 1880 und vom 24. September 1880.

Die wunderbare Formulierung von der »Unzuverlässigkeit der wünschenswerten guten oder schönen Dinge« mag als die Synthese dieser Geschichte gelten und findet sich in einem Brief Vincent van Goghs vom 19. April 1888 an Émile Bernard.

Doch was wäre *Alle Farben der Welt* ohne Teresa Ohneruh.

Teresa tauchte nach Jahren der Recherche und des Zusammentragens der einzelnen Teile dieses Romans plötzlich auf, sie war der Funke, der das Feuer entfachte. Ihr Vorname könnte sich von Tiresias ableiten. Ihr »Familienname« fiel mir nachts um drei ein. Ich wachte auf und schrieb ihn sofort in ein blaues Moleskin aus dem Van Gogh Museum. Teresa kam nach meiner Lektüre von Michel Foucault wie von selbst zu mir, nachdem ich ihren Liebreiz und ihre Tragik erfasst hatte.

Doch wie alle Figuren dieses Buches steht Teresa schlicht für sich selbst.

Danksagung

Alle Farben der Welt gäbe es nicht ohne Giulia Tonelli, die mich und meine Figuren von Anfang an begleitet hat, zwischen Abendessen und Spaziergängen, Büchern und Museen, Reisen und Telefongesprächen. Giulia hieß Geel und seine Einwohner willkommen, half mir, ihnen Leben einzuhauchen, und überzeugte mich vor allem davon, dass nur Teresa diese Geschichte erzählen konnte.

Von Geel und Teresa wusste auch Tiziano Scarpa, der mich 2010 darin bestärkte, diesen Roman zu schreiben. Dazu kam Alberto Rollo mit seinem Vertrauen (und später Giovanna Salvia); durch ihn erhielt die Geschichte an einem Nachmittag auf dem Campo San Simeon Grande ihren letzten Schliff und auch ihren Titel. Van Gogh erschien nun wirklich im Dorf und klopfte abends an die Tür der Vanheims.

Wahrscheinlich hätte ich Geel ohne Silvia Jop nicht verstanden, die würdige Erbin der Familie Basaglia, die mir als Erste die simple Revolution erläuterte, Geisteskranke schlicht und einfach als Menschen zu betrachten.

Auch meiner Familie möchte ich danken, besonders meiner Schwester Sofia. Außerdem Carlo Montanaro mit seinem Archiv und den Fotografien aus dem 19. Jahrhundert. Ebenso Laura Barbiani, die mich unter anderem davon überzeugte, dass Vincent und Teresa sich begegnen sollten. Ich denke voll Dankbarkeit an Großmutter Vittoria und an Adriana Piazza, an die ganze Familie Folin. Und an Familie Tonelli-Rossoni.

Schließlich möchte ich mich für die Hilfe und die Begeisterung vieler Freunde bedanken. Auch wenn sie es nicht wissen, steckt doch in jedem Wort dieses Buches etwas von ihnen: Gaspare Battistuzzo, Giovanni Benzoni, Eugenio Bettella und Rödl & Partner, Giulia Bossi und Antonio Marzollo, Maurizio Busacca und Elisa Cappello mit Edoardo, Emilio Cristinelli, Alberto Cucca, Filippo Lagrasta, Lorenzo Majer und Marta Bianchi, Lorenzo Mason, Cristiano Menegus, Elena Micheluzzi, Scritture Giovani, Filippo Ranchio, Fra Nicola Riccadona, Daniele Sambo, Alessandro Sinisi und Alessandro Zangrando.

GIOVANNI MONTANARO, Jahrgang 1983, lebt als Anwalt und Schriftsteller in Venedig. Für seine Romane wurde er bereits mit diversen Preisen ausgezeichnet. *Alle Farben der Welt* ist sein dritter Roman; er wurde zum Überraschungsbestseller in Italien und für den renommierten Premio Campiello nominiert sowie für den Premio Fiesole di Narrativa Under 40 von 2012.

Originaltitel: *Tutti i colori del mondo*
Originalverlag: Giangiacomo Feltrinelli Editore, Mailand, Italien

FSC
www.fsc.org
MIX
Papier aus verantwortungsvollen Quellen
FSC® C014889

Verlagsgruppe Random House FSC® N001967
Das für dieses Buch verwendete FSC®-zertifizierte Papier *EOS*
liefert Salzer, St. Pölten.

1. Auflage

Umschlaggestaltung: Lübbeke Naumann Thoben
unter Verwendung eines Motivs von © AKG-Images.
Typografie und Satz: DVA/Brigitte Müller
Gesetzt aus der Fabiol
Druck und Bindung: Friedrich Pustet KG, Regensburg
Printed in Germany
ISBN 978-3-421-04587-4

www.dva.de